© 2023 – Todos os direitos reservados

GRUPO ESTRELA
PRESIDENTE Carlos Tilkian
DIRETOR DE MARKETING Aires Fernandes

EDITORA ESTRELA CULTURAL
PUBLISHER Beto Junqueyra
EDITORIAL Célia Hirsch
COORDENADORA EDITORIAL Ana Luíza Bassanetto
ILUSTRAÇÕES Christiane Mello
PROJETO GRÁFICO Estúdio Versalete
REVISÃO DE TEXTO Luiz Gustavo Micheletti Bazana
LEITURA SENSÍVEL Tatiana Santos dos Reis

Dados Internacionais de Catalogação na Publicação (CIP)
(CÂMARA BRASILEIRA DO LIVRO, SP, BRASIL)

Rodrigues, Henrique

　　Áurea / Henrique Rodrigues; ilustrações Christiane Mello. – Itapira, SP: Estrela Cultural, 2023.

ISBN 978-65-5958-088-0

1. Empoderamento 2. Mulheres – Brasil 3. Racismo
4. Representatividade das mulheres nas ciências 5. Romance brasileiro I. Mello, Christiane. II. Título.

23–168690   CDD–B869.3

Índices para catálogo sistemático:
1. Romances: Literatura brasileira   B869.3
ELIANE DE FREITAS LEITE – BIBLIOTECÁRIA – CRB 8/8415

Proibida a reprodução total ou parcial, de nenhuma forma, por nenhum meio, sem a autorização expressa da editora.

1ª edição – Itapira, SP – 2023 – IMPRESSO NO BRASIL
Todos os direitos de edição reservados à Editora Estrela Cultural Ltda.

Rua Roupen Tilkian, 375
Bairro Barão Ataliba Nogueira
13986-000 – Itapira – SP
CNPJ: 29.341.467/0001-87
estrelacultural.com.br
estrelacultural@estrela.com.br

HENRIQUE
RODRIGUES

Áurea

ILUSTRAÇÕES
Christiane Mello

Dedico este livro
à minha tia Áurea
e a tantas Áureas
que carregam este
país nas costas.

"Quando eu não tinha nada o que comer, em vez de xingar eu escrevia."

CAROLINA MARIA DE JESUS,
Quarto de despejo.

PRÓLOGO

O coração bate forte.

Ela sabe que vão chamar os nomes seguindo a ordem alfabética da turma de treze alunos. O seu será o primeiro, mas, se pudesse escolher, a mulher preferiria que alguém fosse antes. A mão da colega ao lado segura a sua, que está suada e tremendo. A filha, lá na frente, organiza tudo, conversando com os outros e conferindo cada passo para que nada dê errado. A jovem professora evita dar muita atenção à mãe para não a deixar mais nervosa, mas pelo menos uma vez fixa os olhos nela e faz sinal para que ela fique calma, pois está tudo bem.

O tiroteio não muito longe dali é tão natural quanto buzinas de trânsito, canto de sabiá ou qualquer outro barulho naturalizado no cotidiano da escola. A aparelhagem de som é ligada, a microfonia gera incômodo, até que alguém ajuste o equipamento. Um rapaz tenta improvisar algo e explica que aquele som é emprestado da outra escola, pois o dali foi roubado mais uma vez, e aguardam a sempre demorada reposição pela prefeitura.

A diretora, ao ver que já estão todos sentados esperando há algum tempo, ajeitando-se nas cadeiras de plástico, decide começar a falar sem o microfone. Com o olhar cansado após tantos anos de profissão, mas que comemora cada formatura como uma pequena vitória, quer que tudo prossiga. Pede a atenção de todos do pequeno auditório, mas logo que ensaia a primeira frase é interrompida por um teste de microfone, agora funcionando, permitindo que sua voz seja projetada com o devido alcance:

— Boa noite, meus queridos! É com grande satisfação que nos reunimos hoje para a culminância de um projeto tão bonito. Projeto importante da nossa escola, mas acima de tudo é sobre a trajetória de vida de cada um de vocês aqui.

A mulher na primeira fileira tem as mãos tremendo mais ainda. Ela se lembra de quando retomou o estudo, da olhada torta que recebeu, a chacota dos parentes e vizinhos que não viam utilidade naquilo: estudar para quê, nessa altura do campeonato? Não se ensina truque novo a cachorro velho...

Ela começa a pensar se o nervosismo de agora também não é de culpa, uma culpa que não pode evitar, de tanto que está na sua cabeça: aquele lugar ali não é para ela, aquele lugar ali não é para ela, aquele lugar ali não é para ela, aquele lugar ali não é para ela, aquele lugar ali não é para ela, aquele lugar ali não é para ela...

E foram tantos anos e em tantas situações com essa frase ouvida, nem sempre com essas palavras literalmente, mas com a mesma intenção. E ela compreende que a palavra nunca é pura, nunca vem sozinha, especialmente quando é falada em alto e bom som, pois a palavra é sempre um tipo de roupa que veste um sentimento. E esse sentimento ela aprendeu a identificar, e agora é como se essas frases viessem todas nuas e de uma vez, multidão daquela mesma ideia.

Aquele lugar ali não é para ela...

E a colega ao lado percebe: a mão que está segurando começa a ficar gelada. A mulher tem vergonha de estar assim, pois deveria estar apreensiva e feliz, e tenta disfarçar com um sorriso amarelado. Não saberia explicar o que sente, porque é como se estivesse sendo arrancada de um lugar onde estava com raiz firme. Mas não se vê como uma planta que poderia ser colhida e replantada em outro solo menos seco e duro, e sim feito um dente do siso, torto e sem espaço, cuja retirada demanda uma força externa, dolorosa e cheia de sangue.

No entanto, o olhar da filha pedindo calma, ali ao lado da diretora, traz uma serenidade súbita. A jovem, que é a sua melhor parte, uma menina ainda, mas aquele tipo de gente segura de si. Alguém que ela, beirando os 60 anos, desejava ter sido. Balbucia conformada: "Eu não pude, mas fiz de tudo para que a minha filha pudesse".

É o olhar da filha que, pelo menos neste momento, acalma o sofrimento antigo e permite que ela seja chamada para receber o diploma de Ensino Médio. A diretora lembra mais uma vez da dificuldade que foi chegar ali, e nem precisa mencionar que, da turma de cinquenta alunos, pouco mais de uma dúzia conseguia se formar, a maioria por não arrumar tempo ou um mínimo estímulo para voltar à sala de aula.

Após as falas iniciais, os formandos são chamados para receber o canudo simbólico. Vencendo o nervosismo, Áurea se levanta e caminha rumo ao seu diploma.

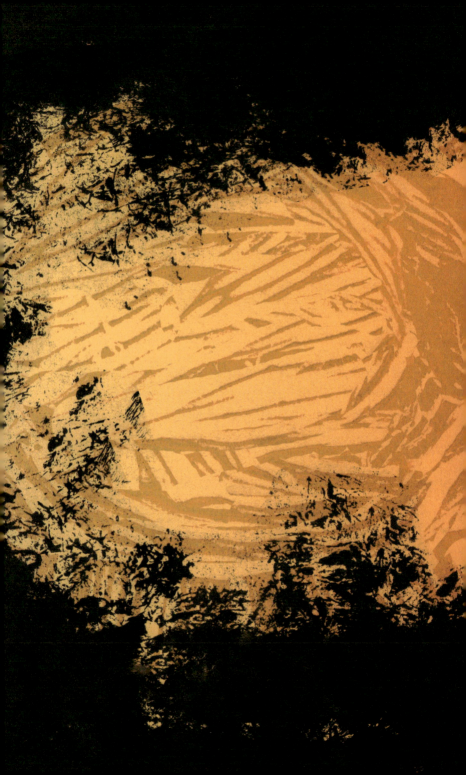

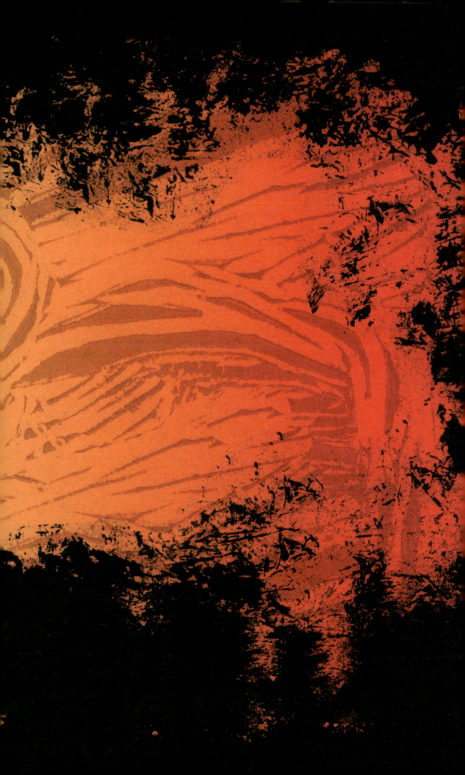

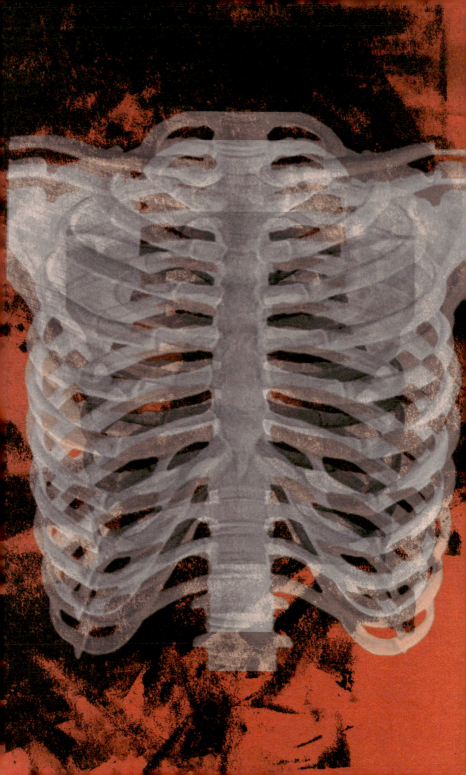

A primeira lembrança que tenho é a da fome, que me acompanharia por tantos anos ao longo da vida.

Choro e me dão uma papa, que parece ser de fubá. Tem pouco sal porque para crianças pequenas não é recomendado muito tempero, resultando num gosto aguado, insosso. Mais tarde viria a descobrir que angu era comida que se dava muito para cachorro, mas que em alguns lugares os ricos chamam de polenta, com receita chique e que custa bem caro em restaurantes.

O MINGAU DEVE RENDER PARA TODOS OS FILHOS E em várias ocasiões ele será a única refeição ao longo do dia. A mãe raspa e lambe o que sobra na panela, fica quase sem nada. É forte a imagem dela sorvendo o pouco de comida, o rosto seco, olhos fundos, conferindo a divisão para ver se cada um de nós tinha ficado com pelo menos uma ou duas colheradas.

Somos então uma escadinha de crianças lá em casa. De cima para baixo: Zefa, Maria, Dadá, Rúbio, eu e o Tote. A Zefa é minha irmã só por parte de mãe, mas que papai assumiu como filha desde pequena. Ela demoraria a descobrir isso, mas nunca soube mesmo do pai verdadeiro, e o assunto raramente aparece.

O que aparece é a fome. Eu tenho entre 4 e 5 anos quando o Tote morre. Entendo depois que foi por desnutrição, mas não faz muita diferença porque a frase que ouço dos adultos, traduzida, é que ele morreu de fome. **O Tote morreu de fome, o Tote morreu de fome, o Tote morreu de fome, o Tote morreu de fome, o Tote morreu de fome...**

O Tote morreu.
De **fome**.
Um dos irmãos pergunta se, a partir daquele dia, poderia comer a parte do Tote da nossa papa de angu.

ATÉ ENTÃO QUASE NÃO TENHO BRINQUEDOS. Só sabia brincar com o Tote. Porque ele era tão pequenininho que parecia uma boneca que eu podia carregar de um lado a outro. Poucos anos antes, a Zefa tinha feito a mesma coisa comigo, me disse depois.

O meu universo até então se resume à nossa casa. Tem um quarto, um cômodo maior que serve de cozinha e algo que parece uma sala, além do banheirinho, que é o pior lugar por estar sempre escuro e fétido.

O engraçado é que me dou conta de que, há não muito tempo, escreveria "fedorento" sem pensar muito. Mas eis que me ensinaram: as palavras proparoxítonas são mais elegantes, tanto para se falar quanto para se escrever. Rabisco o original e reescrevo a palavra "fétido": fé-ti-do. Parece que essa opção faz até aumentar o cheiro ruim que vem junto.

A criança que não morre de fome talvez fique mais forte quando usa a imaginação. Gosto dessa frase porque, apesar da fome, é algo que também tenho como qualquer gente pequena.

Apanho da mãe quando, falando sozinha, estou conversando com o Tote, como se ele ainda estivesse ali do meu lado, sorrindo com o olhinho arregalando, a perna fina contrastando com a barriguinha saliente.

Aperto o umbiguinho para fora dele como se fosse um botão e rimos juntos.

O riso para rapidamente porque mamãe me dá tapas dizendo que estou debochando dela, que se pudesse ela mesma teria morrido de fome para que o Tote vivesse. Fala outras coisas que não compreendo e chora enquanto me bate. Cita nomes, o do pai e de outros parentes dela que já morreram de fome, fala palavrões e pergunta olhando para o teto quando essa desgraça vai acabar. No fim ela fica cansada de me bater, vai para fora de casa e todos os irmãos choram também, num coro triste.

Nos meses seguintes, falo com o Tote às escondidas para que ninguém veja e eu não apanhe novamente. A colher de plástico amarela que uso para a minha papa ganha braços e pernas, mantendo a cabeça redonda e o corpo fininho do irmão falecido. Como rápido e, antes que a mãe recolha tudo para levar à pia, converso com o talher, que anda sobre o chão e os meus braços, me dizendo coisas de criança. Com o passar dos meses, Tote vai falando menos comigo, até desaparecer completamente. Não me lembro do seu rosto, que sequer chegou a ser fotografado na curta vida que teve.

mamãe, sempre quieta, não trabalha fora, apenas cuida dos filhos em casa.

Papai é catador de lixo. Junta coisas que possam ser úteis para revender. Não entendo bem como coisas jogadas fora podem virar dinheiro, mesmo que pouco. Pelo menos uma vez por semana ele entra em casa com um saco cheio de quinquilharias, como se fosse um tipo de Papai Noel, e joga ali no que é a sala e a cozinha um amontoado de coisas que, se fazem a mãe reclamar da sujeira, provocam uma euforia em mim e nos irmãos.

Zefa parece não ligar muito e fica com a mesma expressão de desdém que mamãe diante daquela bagunça. Ela tem 10 anos, o dobro que eu, e está mais ocupada em ajudar a mãe a cuidar de todos nós. Minha tia Lili, toda vez que aparece, vem repetindo que ela já está uma mocinha, quase pronta para trabalhar.

Não sei o motivo pelo qual Zefa não foi para a escola, talvez porque ela fique tempo demais cuidando de nós menores. A Maria e o Dadá começaram a ir, mas faltam quase a metade dos dias. Foi um alvoroço quando trouxeram cartilhas e lápis que ganharam, mas ainda não sabem ler. Ninguém em casa sabe.

Por isso é que a grande novidade são as coisas que caem do saco branco de ráfia e se espalham aleatoriamente pelo chão. Como galinhas atiçadas com milho, voamos para pegar algo que possa ser útil. Maria e eu brigamos por uma boneca na qual faltava um braço. A irmã maior me bate, grita e a mãe não demora a puxá-la das nossas mãos, destruí-la e acabar de vez com o motivo do conflito. O pai a xinga de ignorante. Acho que, para ele, é como se a mãe estivesse estragando o único mimo que ele pode nos oferecer.

Não tem luz em casa, o que para mim não é um problema, pois não tenho outra referência. Temos um rádio. Ouvimos os programas apenas durante a noite, sendo terminantemente proibido ligá-lo ao longo do dia para não gastar as quatro pilhas.

Também não é permitido mudar de estação. Só depois saberei que girar o dial faz aparecerem outros programas, com reportagens, transmissão de futebol e música. Ouço a *Hora do Brasil* com notícias que pouco me interessam, mas que fazem o pai olhar um ponto fixo como se ali depositasse toda a sua preocupação com o mundo de fora. Pragueja, fala mal de pessoas famosas e ricas, fica indignado com anúncios de lojas de roupas que nunca poderia comprar. Como um ritual diário, apaga o lampião quando começa uma novela, e é nesse escuro que a minha imaginação parece ir para lugares mais distantes. Durmo e sonho com os personagens, continuando as conversas deles e criando novas cenas de acordo com a minha vontade. Quando acordo, parece que tem toda uma história na minha cabeça, que vai desmoronando fragilmente ao longo do dia.

Falo para a mãe das histórias que crio enquanto estou dormindo e ela ri, me mandando deixar de ser besta.

ESTOU MAIOR E PERGUNTO QUANDO VOU PARA A ESCOLA, SEM QUE HAJA RESPOSTA. Maria e Dadá raramente são levados, pois fica longe e exigem que os alunos usem todos os dias o mesmo uniforme, mas deram apenas um para cada, que ficou inicialmente sujo e depois rasgado. A mãe briga com o pai, dizendo que precisamos ir à escola para aprender a ser gente, e não acabar como eles. A fala do pai não ajuda:

— A gente não vive aqui com o meu suor? Quer mais o quê, hein? Fala, você acha que essas crianças vão ter mais o quê?

Na casa pequena não há segredo, e nem que eles quisessem deixaríamos de ouvir tudo o que conversam. Quando conversam.

De um dos sacos de coisas que o pai traz cai um objeto que recolho rapidamente, sem que ninguém crie disputa. É um livro com uma história cheia de bichos, mas passada dentro de uma casa comum, não numa floresta. Não sei ler, mas o elefante, a coruja, o urso e o jacaré estão ali, numa mesma família. Rapidamente tento associar cada personagem a um de nós em casa, complementando com outros. Vou contar aos irmãos a história que criei, mas apenas Rúbio se interessa, e ainda assim por pouco tempo. Sinto-me sozinha e penso que apenas os animais do livro é que conseguem me entender de alguma forma.

TEMPOS DEPOIS, MAMÃE CONSEGUE CONVENCER O PAI DE QUE DEVO IR PARA A ESCOLA. Ela me arruma, me leva pela mão e diz que comigo não vai repetir o mesmo erro cometido com meus irmãos. Chove no primeiro dia de aula e não consigo me esquecer de que eu levo a cartilha, o caderninho e o lápis dentro de um saco de arroz, com a borda dobrada para não molhar o material.

A escola é grande. Na entrada, todos estão enfileirados para cantar o Hino Nacional, que eu não conhecia e, mesmo ouvindo nos dias seguintes, não compreendo. A bandeira é hasteada e, só então, podemos ir para as salas.

São dezenas de crianças parecidas comigo, a maioria menores. A professora faz desenhos no quadro e começa a ler em voz alta. O primeiro parece uma casinha; o outro lembra um urso barrigudo; e o terceiro, a Lua quando está desaparecendo. Como as crianças

gritam e correm pela sala de aula, não entendo a explicação da tia, que começa a gritar, quase inutilmente, para que todas as crianças fiquem quietas. A menina ao lado fala sobre alguma coisa que aconteceu na casa dela, e começo a contar a ela a história dos bichos que inventei. Quando um menino sobe na cadeira e pula no chão, a professora dá um tapa alto na mesa, assustando todos, mas conseguindo o desejado silêncio para prosseguir.

Gosto da merenda, que é macarrão e mingau. Peço mais, porém me dizem, em tom de briga, que não podemos repetir para não tirar a comida dos outros colegas.

Na volta para casa, a mãe quer saber tudo o que aconteceu no primeiro dia de aula. Ao narrar com todos os detalhes, vejo que ela tem um dos raros momentos de felicidade.

No dia seguinte, a professora retoma os desenhos e começa a ler e pedir que toda a turma repita em voz alta: A, B, C, D...

Aquele primeiro deixa de ser uma casinha e passa a ser outra coisa. Um barulho que eu faço com a boca aberta: AAAAAA. E tenho a minha primeira grande descoberta.

A de Áurea.

ABCDEFGH
PQRSTUVX
ABCDEFGHI
MNOPQR
STUVWXYZ
AAAAAAAA
AAAAAAAAA
AAAAAAA

Tenho 12 anos, o suficiente para abandonar a escola e trabalhar em casa de família.

Quando tento dizer que gosto da escola e que não queria sair, o pai grita comigo perguntando se acho que sou filha de rico para ficar de flozô, de bunda para o alto enquanto a vida ali é difícil para todos. Ele me questiona:

— Você acha que aprende muito na escola. **Sabe quanto custa 1 quilo de feijão?**

Digo que não sei, explicando que não é isso que a gente estuda na escola. O pai dá um soco na parede e berra que é absurdo não ensinarem a dar valor à comida, que é o que a gente precisa. Nessa hora me lembro de uma fala da professora Edwiges quando disse que o importante era o conhecimento, mas assim que essa palavra sai da minha boca o pai dá outro soco na parede, dessa vez fazendo com que o Dadá, assustado, comece a chorar. Tento acudi-lo, mas o pai me segura pelo braço com a mão forte e calejada de carregar lixo, como se fosse feita de pedra:

— Então me diz, conhecimento enche barriga? Escola enche barriga?

Começo a chorar, a mãe vem ao meu consolo, mas é empurrada com a outra mão livre do pai, caindo no chão. Ele nem fez tanto esforço, por isso reparo pela primeira vez em como a mãe é frágil e, rapidamente, me vem a noção de como o pai é uma montanha de força, como tem uma armadura impenetrável. Ele a ignora no chão, ignora o Dadá chorando, ignora que estou tremendo de medo e continua sua aula sobre a vida:

— Ô, Áurea, você precisa aprender que o que enche barriga não é escola. O que enche barriga é trabalho. Quando tinha a sua idade eu já catava lixo, carregava saco que era quase do meu peso. Eu não te crio para ficar sem trabalhar. Não crio filho para ficar de vagabundagem!

Minha cartilha azul e branco, meu lápis, meu caderno e até o livro infantil que eu guardava desde criança porque lia para Maria e Dadá são destruídos.

Não posso dizer que essa dor foi maior do que qualquer outra que tive na vida. Em verdade, quem me dera se essa dor fosse a maior que tive na vida. Mas agora vejo que, naquele ato, a pouca infância que tive acaba de morrer para sempre.

ZEFA ME ENSINA O BÁSICO SOBRE ARRUMAR E LIMPAR UMA CASA. A coitada nunca pôde ir para a escola, por isso quando eu saio para trabalhar em casa de família ela já é experiente. Tenho pena. Sabendo que eu seria a próxima, me adiantou as instruções quando aparecia em casa de vez em quando, pois dormia sempre no trabalho. Não sei cozinhar direito ainda, mas tenho os braços finos e alcanço os cantos mais inacessíveis para tirar pó, lustrar e o que mais for preciso.

A casa do coronel Romeu é grande. De rico, a maior propriedade em que já estive na vida. O teto é alto, os azulejos coloridos cobrem toda a cozinha e os banheiros. Há um segundo andar com quartos, um deles suíte — aprendo essa palavra nova. Tem uma varanda na frente e um espaço nos fundos, um quintal com árvores cujas folhas caem o tempo todo, precisando ser retiradas diariamente.

Quem me conduz pela casa é Nazaré, que agora passa a ser apenas cozinheira por estar em idade avançada. Daí a minha chegada ali. Paraibana de Guarabira, veio cedo para o Rio de Janeiro e está com a família há décadas. Ela me recebe com todo o afeto e vai explicando as regras para manter a casa limpa e arrumada.

Nazinha, como gosta de ser chamada, me revela que tinha ficado com medo de ser dispensada quando descobriu que, por problemas de coluna e nos ossos, não poderia mais fazer nenhum tipo de faxina. Temia ter de voltar para casa no Nordeste, onde, depois de tanto tempo, sequer sabia se ainda havia alguém vivo. Mas o coronel Romeu é bom, foi ela quem o criou desde pequeno, protegendo-o da rigidez do pai também militar — aquele sim era gente ruim.

Ouvimos todos os dias que os melhores patrões são os militares, que mandam no país. E pelo que Nazaré relata parece ser sim, pois ela disse pelo menos duas vezes que é tratada como se fosse da família.

Ali também vive a patroa, Dona Zuleika, que é professora de criança pequena. E Jonas, filho deles, que tem uns 15 anos. Nazaré tem o seu quartinho de empregada, que, apesar de pequeno, passará a dividir comigo. Não tenho do que reclamar: pela primeira vez, vou dormir em cama com colchão.

SOU INSTRUÍDA A RECEBER ORDENS DE NAZARÉ, mas quem manda nas coisas mesmo é Dona Zuleika. O coronel não é de muitas palavras, pelo menos comigo. Quando ouço sua voz, grave e firme, é quase sempre vinda de outro cômodo. Aprendo a passar roupa, atividade que precisa de todo o cuidado, porque uniforme de militar precisa estar sempre impecável.

Nos primeiros dias, enquanto descanso de uma primeira varrida em toda a casa, vejo Dona Zuleika no sofá (onde, naturalmente, não podemos nos sentar) corrigindo provas. Ela empilha as folhas e compara as respostas com um livro. Está sempre com vestidos longos e cheios de flores, mesmo dentro de casa.

Ao vê-la ali, sinto saudades da professora Edwiges. Estou descalça e temo chegar perto e sujar alguma coisa, mas não consigo evitar que me aproxime dela para falar, pela primeira vez, de algo que não fosse relacionado ao trabalho:

— A senhora sabia que eu sei ler?

Ela parece surpresa, levanta os olhos por cima dos óculos e me fita. Coloca a caneta sobre a pilha de folhas escritas e me responde:

— Que bom, Áurea! Isso é bom.

A patroa baixa os olhos, retorna à atividade e não sei o que fazer. Peço licença e saio para voltar ao trabalho, quando Nazinha, tendo observado a cena, me chama. No nosso quarto, briga comigo por interromper a patroa. Digo o motivo pelo qual fui abordá-la, mas sou repreendida:

— Você saber ler não quer dizer nada. Eu não sei essas coisas, mas não faz diferença aqui. Dona Zuleika é professora de escola de rico. De gente branca, não que nem você. Aqui não é escola pública, Áurea. Você é faxineira, não pode ficar puxando assunto com eles, entendeu? Aprende o seu lugar, menina!

Mais tarde, consigo ouvir a velha empregada pedindo desculpas à patroa por eu ter atrapalhado o trabalho dela. Dona Zuleika diz que tudo bem, eu sou só uma criança. No entanto, reforça para que eu apenas faça o meu trabalho. E é o que passo a fazer.

À NOITE, OS PATRÕES JANTAM. Precisam estar sempre à mesa, onde conversam pouco. Futebol é quase sempre o único motivo de diálogos entre o coronel e Jonas. Mencionam o tricampeonato mundial conquistado em 1970 e a derrota de 1974, já especulando quem será o time a trazer a taça do tetra quando chegar a Copa do Mundo, que será no próximo ano, em 1978. Mal perdem por esperar.

Em seguida, estão na sala assistindo ao *Jornal Nacional*, emendando na novela das oito. Vejo televisão de pé, quase escondida no corredor, após lavar, enxugar e guardar no armário toda a louça do jantar. Nazaré não se interessa e prefere ficar no quarto ouvindo um radinho de pilha preto e rezando sempre para sei lá quem. Já notei que ela fala sozinha o tempo todo, talvez por algum outro problema causado pela idade.

Olho a televisão colorida, com aquela imagem bonita. Em nossa casa, onde passo a ir cada vez menos, nem TV em preto e branco existe. E, mesmo que tivesse, não tem luz para ligá-la. Penso então que esse emprego é uma bênção para a minha vida. No fim das contas, papai estava certo.

Faço silêncio, fico imóvel, tento parecer invisível para que minha presença ali não seja notada e, por consequência, proibida. Estou empolgada com a nova novela que está estreando, *O Astro*. Francisco Cuoco é um galã, mas acho Tony Ramos mais bonito.

Meu corpo estica cada vez mais, estou me transformando e já sou uma moça de 13 anos. Nazaré me ajuda com meu primeiro sangramento, explica como devo proceder todos os meses. Tenho medo daquilo tudo, da vergonha de acontecer na frente dos patrões. Acho que é um tipo de maldição para toda mulher.

Chega meu aniversário, que cai num domingo em que folgo. Vou para casa comemorar e descubro que papai está doente do pulmão. Papai e mamãe sempre fumaram o tempo todo (Zefa já está pelo mesmo caminho), mas ele grita que ficou ruim ao ir para o hospital por conta de uma tossezinha. Cita alguém que passou a vida inteira sem ter uma consulta sequer com médico e morreu de velhice, fumando e bebendo cachaça todo santo dia. Xinga o bando de doutores que ganham dinheiro nas costas da doença dos outros. Não tem sentido tudo aquilo, mas prefiro não opinar. Deixo um pouco de dinheiro para ajudar nas compras, assim como faz a Zefa. Não é muito, mas o suficiente para que não morram de fome, já que papai está sem trabalhar.

Ao retornar para o trabalho, um presente me espera no quarto com um bilhete de "feliz aniversário", dizendo que devo ficar bonita nele. O pacote tem uma roupa preta com detalhes brancos, que faz subir um cheiro de novo enquanto abro. Penso ser um vestido, mas é um uniforme de empregada.

NA CASA EXISTE UM CÔMODO ONDE ENTRO PARA LIMPAR CALMAMENTE A CADA QUINZE DIAS. Tem estantes até o teto com livros, quase todos de capa dura, pesados. São coleções, enciclopédias, tudo organizado pela Dona Zuleika. Ela faz questão de me dizer isso: é para eu não mexer em nada, pois não consigo esconder o meu interesse pelo cenário desde que entrei naquela sala.

Nunca vi tanto livro junto, por isso fico embasbacada com aquela onda gigante que parece querer vir para cima de mim e me inundar com histórias e informações de todo tipo.

De início, acho que ela deve pensar que eu vou roubar algum livro. Deus me livre de roubar qualquer coisa de alguém. Mas logo depois ela deixa tudo bem claro:

— Eu sei que você deve ter curiosidade com tudo aqui, Áurea. É um mundo diferente do seu. Mas também eu sei que, se você abrir um livro aqui, em seguida vai abrir outro e outro e outro. E aí, depois, quem vai fazer o seu trabalho?

— Tá bem, senhora... — respondo agora olhando para baixo, que é como toda empregada deve se dirigir aos patrões. Ela continua:

— A Nazinha cuidou dessa biblioteca durante muitos anos. Fez um trabalho impecável. Porque ela limpava cada livro do mesmo jeito que areava uma panela, varria um chão, ou deixava cada janela sem nenhuma poeira, como se o vidro nem existisse. Então aqui é como se fosse qualquer outro lugar da casa onde basta fazer a limpeza, compreendeu?

— Tá bem, senhora...

Toda vez que venho limpar os livros ela me acompanha, fica na porta ou se senta, fingindo ler algo, mas atenta a tudo o que faço. O problema é que para ela proteger tanto esses livros é porque tem ali alguma coisa de muito valor, e isso me atiça. Sou uma garota preta e pobre, mas tomada pelo diabo da curiosidade. Tenho que tirar cada livro da estante e, antes de espanar, é impossível não ler o título na capa e na lombada, mesmo tratando, de acordo com a ordem da patroa, como se fosse um tijolo.

Dona Zuleika sabe que leio as capas, e não entendo o motivo de tanta irritação. Mas o que ela não sabe é que crio na minha cabeça uma história para cada título, exatamente como fazia com o livro de bichinhos quando era criança. Tento ficar séria, pois sei que estou sendo vigiada, mas algo na minha expressão me denuncia, talvez a inevitável felicidade de ter um livro nas mãos.

Essa imagem, para Dona Zuleika, está errada. Quando chega a nova data de limpeza, Nazinha me diz que de agora em diante a própria patroa cuidará disso, com a desculpa de que precisa mudar a arrumação toda e colocando os livros por ordem alfabética. O mesmo na vez seguinte, e assim por diante, até que sou orientada para que, quando entrar naquele cômodo, apenas limpe o chão e os móveis, não sendo mais necessário tocar em nenhum dos livros.

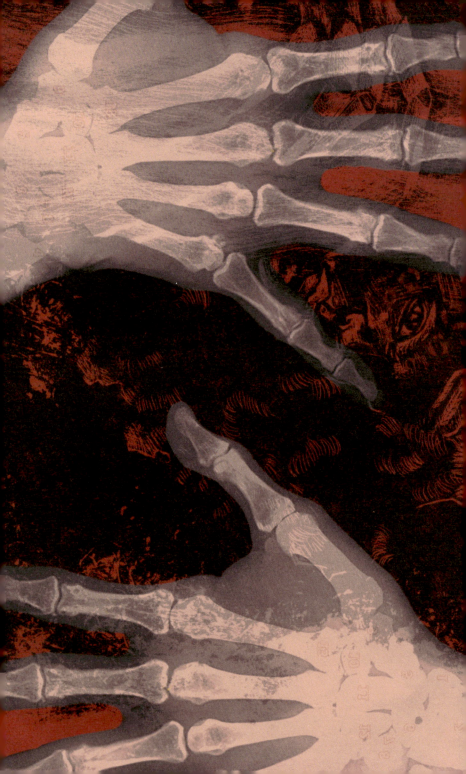

Estou limpando as folhas do quintal quando Zefa aparece. Não é costume parente de **empregada** aparecer no nosso trabalho para visitas, por isso nem preciso ver a expressão dela para saber que **o nosso pai descansou.**

Na última visita à nossa casa, notei que ele não iria durar muito mais. Ainda se recusava a ir para hospital, xingava Deus e o mundo, já cuspindo sangue. Estava magro e respirava com dificuldade por causa da tuberculose.

Pedi para sair e resolver as questões do enterro. Nessa altura, aos 16 anos, já tenho de responder por muita coisa nas duas casas onde moro. Zefa, apesar de mais velha, só quer saber de namorar e vive bêbada, então cabe a mim mesma resolver toda a burocracia do sepultamento, com o qual gasto minhas poucas economias.

Na capela ao lado, há um caixão pequeno e muita tristeza. Não me levaram na época, mas penso em como deve ter sido difícil o enterro do Tote.

Enquanto carregamos o caixão, mamãe chora muito, com Dadá, Maria e Rúbio vindo atrás. Zefa passa mal, é atendida pelos funcionários, provavelmente já acostumados. Para morrer, basta estar vivo, comenta um primo dele que eu nunca tinha visto. Era melhor ter ficado quieto. Na televisão sempre chove nas cenas de enterro, mas está sol, faz um calor imenso, e todos de preto parecem suar mais ainda. Além da tristeza esperada, a grande lembrança que tenho do enterro do pai é estar com sede.

Passam-se os meses. À exceção de Rúbio, que não quer nada com nada, em casa agora quem compra comida somos a Maria e eu, ambas empregadas em casa de família, e o Dadá, que engraxa sapatos e vende doces na rodoviária.

Zefa engravidou de um namorado e foi morar com ele, praticamente abandonando nossa família. Depois que o pai morreu, ela deve ter descoberto que não tinha mais nenhum laço que a ligava a nós. Disseram que ela apareceu num dia, pegou todas as coisas e revelou que estava cansada de ser nossa empregada e babá a vida inteira, que agora iria viver a sua vida. Estava embriagada.

À medida que os filhos crescem, nossa mãe parece estar murchando, encolhendo a cada dia. Acho que depois da morte do pai ela ficou com um vazio no peito. Passou a vida inteira sendo mãe e esposa e agora nenhuma dessas funções é mais necessária. Em uma das idas para casa, notei que fica calada boa parte do tempo, retirando alguma energia para brigar com Rúbio por qualquer coisa, num pedaço triste da maternidade que parece estar no fim.

O CORONEL DÁ A JONAS UM CACHORRO PELO ANIVERSÁRIO DE 18 ANOS. O rapaz queria um carro, mas o pai sabe do potencial que o filho tem para fazer besteiras por aí. Está sempre envolvido em brigas e festas, e de vez em quando chega em casa fedendo a álcool. Nazinha me disse que o pai deu um jeito de livrá-lo do alistamento militar, sabendo que teria que administrar um problema.

De todo jeito, Jonas gosta do cachorro. O pai manda colocar uma casinha no fundo da casa e nos explica como cuidar dele. Diz ao filho que se trata de uma raça especial:

— É um animal amigável, mas também um cão de caça. Sabe também para que ele servia? Para caçar escravos fugitivos. Então nem pensa em fugir, hein, Áurea?

Ele fala olhando para mim. Todos riem, eu não consigo de início, mas acabo respondendo:

— Não, senhor. Eu nunca vou fugir de uma casa onde me tratam tão bem...

O coronel ri mais alto:

— É uma brincadeira, Áurea! Isso de escravidão não existe mais. Nem foi isso tudo o que dizem. Eu mesmo não tenho disso, até porque no quartel tenho superiores de cor. E olha, ainda por cima adoro o Pelé!

Ele diz isso e alisa a minha cintura. É a primeira vez que toca em mim, e não gosto.

OUÇO NO JORNAL QUE TENTARAM MATAR O PAPA E que os militares estão perdendo o poder no país. Falam de manifestações, artistas no estrangeiro, o caso de uma bomba que não explodiu mas explodiu no Riocentro. Não entendo muito e converso com Nazinha antes de dormir:

— Você viu as notícias? Reparei que na hora do repórter o coronel parecia preocupado, resmungando umas coisas, se remexendo.

— Áurea, isso tudo não tem nada a ver com a gente aqui, não. Você é artista, você é rica, você manda em alguma coisa? Que garota enxerida! É por isso que não perco meu tempo vendo televisão.

Tento insistir:

— Será que com esse monte de coisa o coronel vai ficar desempregado? O que vai acontecer com a gente?

— Vai dormir, garota! Eu, hein! Só Deus para nos proteger... — ela responde, fazendo o sinal da cruz e se virando para o canto.

ENTRO PARA ARRUMAR O QUARTO PRINCIPAL E ME DOU CONTA DE QUE o coronel ainda está em casa, deitado na cama, mas acordado. Levo um susto, peço desculpas e saio. Ele diz que está tudo bem, que posso entrar, e vou para o banheiro da suíte carregando o balde com água, panos de chão e desinfetante. Comenta que recebeu uma folga e, só então, me dou conta de que Dona Zuleika está no trabalho, Jonas no curso pré-vestibular e Nazinha raramente vem ao andar de cima, pois trabalha apenas na cozinha e não consegue mais subir escadas. Confio no patrão, mas algo me arrepia.

Penso em fechar a porta do banheiro para limpá-lo, mas ao mesmo tempo não tenho essa liberdade, o coronel pode pensar que estou usando para minhas necessidades. Limpo a pia enquanto vejo, pelo espelho, ele se aproximando, dizendo que está tudo bem e que não preciso sair. Entra no boxe, fecha a porta, coloca a cueca sobre a porta de vidro e abre o chuveiro. Estou apavorada, mal consigo me mexer quando ele abre a porta e me pede a toalha. Quando a entrego, sem olhar, ele segura o meu braço com a mesma firmeza que o meu pai segurou uma vez: aquela mão de pedra, sem calo, mas com a mesma força inescapável. Pede que eu o ajude a se enxugar, algo que faço sem dizer nada, tremendo. Ele continua segurando a minha mão até o seu membro, dizendo que está tudo bem, que vai ser nosso segredo, segredo esse que se repetiria por diversas vezes, segredo esse que guardei como se estivesse num baú de um barco afundado num mar escuro de mim mesma. Está tudo bem.

Está tudo bem.

Está tudo bem.

Está tudo bem.

Está tudo bem.

Está tudo bem.

Tudo o mais me escapa da memória, porque nem a palavra chega naquele lugar.

PASSO DIAS VOMITANDO E SEM CONSEGUIR DORMIR. A cada vez que saio de casa para o trabalho tenho palpitações, tonturas e outros sintomas. Fico com medo de dizer a qualquer pessoa e, na hora, ficar sem trabalho. O coronel sabe dos horários em que está quase sozinho em casa, uma ou duas vezes por semana. Ouço ele chamando meu nome para subir para o quarto, e numa das vezes começo a tremer e chorar, e Nazinha parece não reparar em nada anormal. Começo a pensar que ela desconfia do que acontece, mas não quer se meter para não ter problema.

Numa das vezes ele coloca uma nota de mil cruzeiros no meu bolso, depois que abusa de mim, como se estivesse me agradecendo. Vomito quando saio do quarto e penso em jogar o dinheiro fora. Fico tonta, esqueço e, ao chegar em casa, olho aquela nota com o Barão do Rio Branco, careca e de bigode, como se estivesse debochando de mim.

    Ao ver o dinheiro, minha mãe pergunta se estava sobrando, pois não é dia de pagamento. Fico parada sem responder, e ela pega da minha mão, dizendo que é uma bênção porque precisa comprar chita e costurar roupas. Os meus irmãos estão quase sem ter o que vestir.

DEPOIS DE TUDO O QUE ACONTECEU, crio um sentimento estranho de repulsa e desejo. Mexem comigo na rua, não respondo ou dou atenção. Não entendo bem, porque no fundo gosto de ser notada, que me vejam como alguém, uma pessoa de carne e osso. Fico confusa porque logo em seguida volta o sentimento de nojo de qualquer homem que chegue perto de mim.

Jonas é um dos poucos em quem confio. Tem conversado mais comigo, quase sempre às escondidas. É simpático com todas as empregadas. Demonstra preocupação com a minha história, os meus parentes. Embora se pareça fisicamente com o monstro, em nada lembra o pai, felizmente. Fala de como o país é desigual e como tem participado de movimentos para melhorá-lo.

— É inaceitável que tenha tanta gente passando fome enquanto o Brasil produz tanta comida! A gente precisa mudar isso, Áurea! — ele diz, com os olhos meio arregalados, de um jeito que é quase engraçado de se ver.

Comenta que nunca quis seguir a carreira do pai. Mas também não queria ser como a mãe, que "trabalha pela manutenção das elites". Não entendo tudo o que ele fala, com os cabelos grandes, um jeito de surfista. Jonas me respeita, mas não se afasta quando o beijo no meio daqueles discursos. Se com o pai eu apago qualquer lembrança, aqui a intimidade vem doce, porque é a primeira vez em que sinto paixão.

Transamos escondido durante semanas, como se ele me aliviasse do mal que o coronel, paralelamente, me faz.

PERTO DO FIM DO ANO, CHEGANDO NO MEU ANIVERSÁRIO, descubro que estou grávida. Não sei o que fazer, nem a quem contar. Recorro a Nazinha, mas digo apenas que deve ser de Jonas, sem mencionar o que o coronel faz. Pergunto como faço para abortar. Ela é absolutamente contra:

— Menina, essa criança é vida, é um presente de Deus. Na Bíblia está escrito que não se deve fazer isso. Quer ir para o inferno?

— Mas o que vou fazer, Nazinha? Como vou esconder isso da família?

Decidimos inventar uma história de que estou grávida de um suposto namorado. Depois que o bebê nascer, darei um jeito de continuar trabalhando na casa. Quando a barriga cresce e não consigo mais esconder, Nazinha e eu chamamos Dona Zuleika, que ouve tudo atentamente, briga comigo dizendo que existem métodos para namorar sem o risco de pegar barriga, mas agora é tarde. Peço desculpas e digo que nada vai atrapalhar o serviço.

No dia seguinte, Jonas me aborda perguntando sobre o tal namorado. Quer saber quem é, mas facilmente tira de mim a verdade — exceto sobre o pai. Fica assustado de início, mas em questão de segundos diz que está apaixonado por mim e que iremos sair daquela casa cheia de regrinhas e ter uma vida feliz, nós três. Vou deixar de ser uma serviçal e ser uma mulher livre. Ele me abraça de um jeito que ninguém nunca abraçou. Pela primeira vez na vida, me sinto protegida.

Durante a noite, ouço uma briga a portas fechadas dos patrões com Jonas, que é chamado de irresponsável, vagabundo comunista e outras coisas.

Logo de manhã o coronel me chama. Não fala muito, está sério, vestido com a farda. Diz que não quer escândalo com ele e o filho, me oferece um chumaço de dinheiro com o equivalente a três meses de salário para que eu desapareça ainda naquela manhã, esclarecendo que qualquer outra opção seria bem pior para mim. Sai sem falar mais nada.

Choro arrumando minhas coisas. Nazinha me abraça, pois sabe o que terei de enfrentar e que, dificilmente, voltaremos a nos ver nesta vida.

Quando passo pela sala de estudo, decido entrar e dar uma última olhada naquele espaço proibido. Já tinha visto a capa que me chamou a atenção porque parecia um retrato da minha mãe. *Quarto de despejo: diário de uma favelada*, de Carolina Maria de Jesus. O exemplar é autografado para Dona Zuleika e, mesmo assim, jogo para a minha sacola antes de ir embora daquela casa.

No ônibus, tentando me distrair, abro o livro. Tenho dificuldade de compreender. Inicialmente, acho que é por causa do veículo balançando ou um enjoo da gravidez. Mas depois de um tempo concluo que estou desaprendendo a ler.

EU ANDO MAIS UM PASSO PARA PEGAR O MEU DIPLOMA. Agora sou mulher formada e ninguém tira isso de mim. Porque a vida me tirou muito mais do que me deu. E foi assim comigo e com a maioria da minha família, da minha gente.

Penso no Tote. Tento imaginar como ele seria hoje. Provavelmente teria uma vida tão difícil como eu tive. Será que a morte precoce para ele não foi até melhor, coitado?

Nenhum dos meus irmãos, dos que estão vivos, veio à minha formatura. Pensei que pelo menos Maria fosse aparecer, mas aposto que depois ela vai dar a mesma desculpa da saúde. Perdoo ela por hoje. Mas não perdoo as piadas que ouvi nesses anos, inclusive deles e de outros parentes. Consegui ouvir naquela vez quando conversavam,

dizendo que eu era uma burra velha voltando
para a escola, como se fosse alguma coisa errada
ou simplesmente um capricho dispensável.

Naquele mesmo dia eu perguntei para eles:
será que se a gente tivesse estudado direitinho
desde cedo a nossa vida não teria sido diferente?
Praticamente todos disseram, muito convictos,
que não, que seria tudo igual.

Entendo a pobreza, entendo a miséria, mas não
consigo entender a ignorância que vem junto,
como se fosse uma doença.

E uma pergunta que sempre me fiz e refaço
agora: será que se eu estivesse estudado mais
não teria sido abusada? Será que teria sido
suficiente?

" Ninguém lhe responde ao sorriso porque nem ao menos a olham.

CLARICE LISPECTOR
A hora da estrela

Em casa, precisam aceitar de volta uma mulher de barriga. Uma garota com 16 anos e com barriga.

Para mamãe, é um pouco decepcionante logo a mais nova, até então a mais responsável, retornar assim, sem trabalho e com filho a caminho. Sou obrigada a lembrar que todo mês deixo o meu pouco dinheiro ali. É minha casa também, e não teria para onde ir. Rúbio diz que eu devia ter pensado nisso na hora do bem-bom, o que me irrita de tal maneira que o chamo de inútil. Uma briga começa, eu grito e gritam comigo. Mamãe, já com a voz cansada, fala que ali a gente precisa se ajudar, não ficar se atracando feito bicho.

Não sei se é porque todos crescemos muito ou porque passei boa parte dos últimos anos morando numa casa tão grande, mas sinto que ali não é mais o lugar onde devo viver. Embora hoje sejamos menos, com a morte de papai e o sumiço de Zefa, ainda assim são cinco pessoas numa casa pequena. Mesmo o quartinho que eu dividi com a Nazinha parecia ter mais espaço do que nesta lata de sardinha. Tinha me desacostumado a dormir e acordar com o cheiro da pobreza, gritando todos os dias no meu ouvido quem eu sou.

Mas pelo jeito como saí daquela casa, e por tudo o que passei, não sei bem o que é pior.

Durmo com mamãe na única cama de solteiro. Maria dorme na casa onde trabalha e Dadá (que tem pedido para ser chamado pelo nome certo, Dario, mas eu não consigo) se ajeita no chão, onde dormiu a vida inteira. O Rúbio passa mais tempo dormindo fora do que em casa, provavelmente atrás de um rabo de saia.

Chove numa noite. O telhado parece uma peneira de tanto buraco, e pela casa são distribuídos potes e panelas para conter as goteiras. De quando em quando um de nós precisa esvaziá-los para que não derramem água pela casa. Nunca deu para dormir direito, mas me lembro que uma vez, quando éramos pequenos, era tanto pingo que o pai esticou um plástico sob o qual todos nos acomodamos encolhidos. Aquele cenário com o barulho das gotas batendo dava uma cara de aventura e eu achava graça.

Vejo que as paredes têm infiltrações que parecem ganhar presença quando chove, pois em determinado ponto dá para ver a água minando para dentro de casa. Suspiro de tristeza enquanto Rúbio, debochando, diz que eu estranho porque me acostumei com a casa dos riquinhos.

Muitas casas foram construídas no nosso morro, outras cresceram para um segundo andar, e até com terraços. Com isso, os becos foram se tornando mais estreitos e perigosos. Mas dizem o tempo todo que não precisamos nos preocupar com violência porque quem toma conta de tudo ali é o Movimento. É o nome que dão para os traficantes de drogas.

FIZERAM UM GATO NA COMUNIDADE E, FINALMENTE, **A LUZ ELÉTRICA CHEGA ATÉ A NOSSA CASA.** Os homens do Movimento explicam que devemos pagar uma taxa para que façam a instalação de tantos pontos de luz e de tomadas. Parece caro, mas depois não precisaremos pagar mais, asseguram. Um sonho de mamãe sempre foi acender uma lâmpada em casa, algo que ela jamais teve na vida. Tenho ciência de que ela está doente, o que ela sempre nega, por isso fico feliz em dar esse mimo, que vai ser bom para todos nós.

Pago com parte do dinheiro que recebi do coronel. É uma grande festa quando ligam a luz na rua e tudo se acende, como se fosse um dia mágico para cada família. Ouço gritos de todo lado numa comemoração que só se ouve em dia de jogo do Flamengo. Nossa casinha pobre, iluminada na primeira noite com a lâmpada amarela, parece ganhar novas cores. Não queremos apagar a luz para dormir, deixando tudo aceso até clarear o dia.

Falo que precisamos comprar uma geladeira usada. Rúbio diz que prefere uma televisão, coisa que todo mundo já tem. Falo sem pensar muito que aí mesmo é que ele não ia levantar o rabo de casa atrás de trabalho. Ele contesta a minha opinião:

— Geladeira para quê? Desde quando nessa casa tem comida suficiente para ficar guardando?

A mãe diz para pararmos de brigar. Ela está muito feliz porque só nessa altura da vida mora numa casa com luz elétrica.

SAIO PARA PROCURAR EMPREGO. Vou até as casas de ricos, perto de onde eu trabalhei, perguntando de porta em porta se precisam de alguém para limpar. Mas ao verem uma garota preta grávida sequer me recebem, ou pensam que estou pedindo esmola. Uma das empregadas que me dá alguma atenção diz para eu nem perder o meu tempo, pois ninguém vai me aceitar naquela condição.

Sem opção, vou com Dadá à rodoviária vender bala e mariola. Estou com vergonha de abordar desconhecidos, fico de cabeça baixa. Alguns veem a minha barriga e compram por pena. Ao final do dia, o dinheiro é pouco, mas conseguimos não morrer de fome, ainda que a geladeira usada que compramos esteja quase sempre vazia.

Maria consegue de uma conhecida que eu vá passar roupas uma vez por semana. É algo que faço bem, diferentemente da maioria das empregadas. Por indicação da qualidade, tenho pedidos para mais casas, até que não precise mais vender doces. Mesmo com a gravidez avançando, sigo meses nesse trabalho. Penso se não fará mal a criança receber aquele calor todos os dias, mas se fosse perigoso alguém teria me falado. Ao mesmo tempo, sei que as madames estão mais preocupadas com a sua roupa engomadinha do que com mais um favelado que está para nascer.

A barriga cresce, e em breve terei que parir. Tenho medo.

Vivo um sentimento de angústia. Quero me livrar logo daquele peso, dos enjoos, de como tudo aconteceu. Mas também penso que vou colocar alguém no mundo, mais alguém que devo proteger a todo custo, custo esse que não posso pagar. Alguém inocente que devo proteger dessa vida miserável que temos. Pergunto à minha mãe se foi assim a cada vez que ela engravidou dos cinco filhos, e ela apenas ri.

Acho que, de pensar assim, meus peitos crescem. Porque o leite que meu corpo cria é o jeito que o meu corpo dá para proteger essa criança que está chegando.

A dor, a lembrança da dor. Antes, a espera no hospital para ser atendida na emergência. Na recepção perguntaram se eu tinha feito pré-natal ali. A mãe e Maria, que me acompanham, explicam que nunca fiz pré-natal, e a atendente diz que precisará ver se tem vaga para o parto porque um obstetra faltou e o plantão está lotado. É uma maternidade pública. Grito de dor, me colocam num banco, ao lado de outras grávidas que não estão em trabalho de parto e por isso me olham com algum susto. Todas da minha idade e da minha cor, como se fosse uma fábrica de gente pobre.

A bolsa estoura e o corredor molhado incomoda algumas pessoas. Choro apavorada e Maria grita pedindo que nos acudam. Enquanto o líquido escorre, um enfermeiro passa por cima como se fosse vazamento de bebedouro. Para cuidar do inconveniente, aparece uma faxineira com um esfregão, e é a primeira pessoa ali que parece ter algum cuidado comigo. Enxuga rapidamente o piso, abaixa e segura a minha mão, dizendo que vai dar tudo certo.

Enfim sou levada para a sala de parto. Ninguém pode me acompanhar e me sinto sozinha, pois o obstetra e a enfermeira estão com máscaras, são gente sem rosto. As contrações chegam cada vez mais, respiro fundo, vejo que os dois estão com semblante tranquilo, provavelmente porque fazem parto todo dia.

Olho para a enfermeira, que tem cabelos encaracolados e óculos. Pede que eu faça força na próxima contração, que está quase saindo. Balanço a cabeça dizendo que sim, fico sem ar, ofegante, e não sei de onde vou tirar essa força que ela me pede. Repetimos mais umas vezes até que ela diz poder ver a cabeça, e que na próxima terei que usar toda a energia para que o bebê saia por completo. Acho que vou desmaiar, mas por fim consigo, e a sensação de dor misturada com um tipo de alívio me toma todo o corpo. Ouço choro e os vejo cortando o cordão daquela coisa pequena rapidamente embrulhada num pano azul.

— Não falei que viria? Olha que menino lindo! — diz a enfermeira, já me revelando o sexo da criança.

A mãe e Maria me visitam. Estão felizes. Reparam como o menino é moreno quase branco, como se fosse uma coisa boa, uma sorte que ele teve. Logo no dia seguinte sou liberada para casa. Queria ficar um pouco mais descansando, mas dizem que tem uma fila de gente esperando para parir.

Meu filho vai ser registrado como Anderson Macedo. Filho de Áurea Macedo Silva. Sem pai.

A CHEGADA DE ANDERSON PARECE TER TRAZIDO mais vida para a casa, e a mãe, mais animada, tem todo o cuidado com ele, chamando-o de "principezinho".

Assim que posso, recomeço a procurar trabalho, pois ela vai cuidar do menino. Já disposta e sem barriga, consigo um emprego de faxineira numa loja de departamentos. A moça que contrata diz que eles estão atrás de jovens bonitinhas, porque deveremos circular pelo estabelecimento o tempo todo e não querem mais mostrar para os fregueses que quem trabalha lá são aquelas senhoras com aspecto de cansadas (ela se enverga nessa hora, imitando uma pessoa corcunda). Estão modernizando toda a rede, diz. Tomo como um elogio, claro, ainda mais que terei carteira assinada, tudo direitinho. Mesmo assim, me dão um uniforme azul usado e bastante largo, como se o defunto fosse maior. Mas nada disso tira a minha felicidade. É a primeira vez que alguém lá em casa tem carteira assinada. Uma festa, uma festa.

Levo o novo emprego a sério. Acordo de madrugada, pego duas conduções cheias, a primeira ainda quando está escuro, e chego de volta já de noite. Junto dinheiro com Dadá e Maria e compramos uma televisão usada. Ainda em preto e branco, mas é como se a gente tivesse visita em casa todos os dias.

A sorte do emprego novo é poder dar para o meu filho um pouco do que nunca tive. Fraldas em quantidade (ainda de pano, pois não ganho para comprar as descartáveis), papinha, e até uns brinquedos de criança pequena, dos baratinhos que compro em Madureira. Adoro quando consigo comprar uma roupinha nova para ele, porque lá em casa eu sempre herdei roupa dos irmãos maiores, como é o normal em família grande. Durante toda a vida, quando uma blusa chegava em mim, já estava surrada porque tinha passado por Zefa e Maria. Tirar do saquinho a blusinha azul de ursinho, sentir aquele cheiro de nova e vê-la no meu menino me dá uma sensação boa que nem sei.

Esse conforto tem um preço alto. Na prática, tirando quando dou de mamar, a minha mãe é que acaba sendo mais mãe do Anderson do que eu. Sabe mais identificar quando ele chora de fome ou por que está sujo. Tenho ciúme porque ela sabe ninar ele com mais facilidade do que eu, que chego cansada e, quase sempre, só quero jantar e dormir.

Faço 18 anos, agora já sou maior de idade. Não faz diferença nenhuma porque me sinto adulta tem é tempo.

Fizeram um bolinho em casa para mim.

Estamos felizes como nunca nesse final de ano.

Não ouço falar de Zefa tem meses, mas dizem que está bem, porque notícia ruim vem rápido. Rúbio fica na rua fazendo biscates, e a última informação que me chegou é que ele estava quase arrumando trabalho numa borracharia. Quem mais me preocupa é o Dadá, que parece estar sempre triste e acabrunhado. Ele me confessa depois que insisto: se sente mal porque parece que todo mundo está se ajeitando na vida, enquanto ele não consegue nada além de ser camelô. Está meio bêbado e diz que tem horas em que pensa em se matar, eu digo para ele parar com isso tudo e o abraço. Queria poder ajudar meu irmão, mas não sei como.

A surpresa é que Maria aparece com o namorado novo chamado João, moço direito e trabalhador. A gente brinca porque parece com o conto de fadas. Anunciam que querem morar juntos em breve, e a mãe diz para construírem um cômodo em cima da nossa casa, porque é assim que todo mundo tem feito por ali. Os dois aceitam, e depois do Ano-Novo já vão começar a obra.

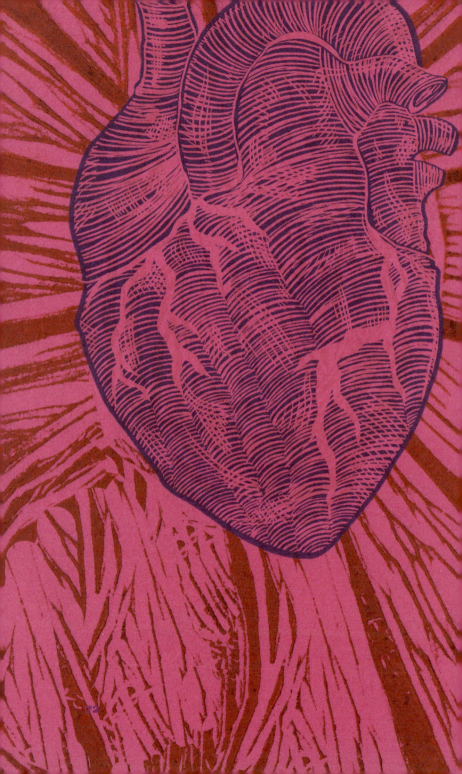

É o dia 13 de maio de 1987. Dia da Abolição da Escravatura, quando sempre me lembram da Lei Áurea por causa do meu nome. Mas o dia fixa em mim porque é quando acontece uma grande tristeza em casa. **Minha mãe morre de infarto fulminante.**

Rúbio aparece pálido no meu trabalho para me dar a notícia, me dispensam e vamos resolver as coisas. É tudo confuso e triste. Se eu pensava ter sido difícil enterrar o papai, agora é mais ainda. Carrego Anderson, que tem 5 anos e brinca no cemitério assim como brinca em qualquer lugar, dando pequenos saltos em torno de si, cantarolando com sua voz fininha. O garoto gosta de falar sozinho com os amigos invisíveis, como eu fazia. Na inocência dele não se dá conta de que a vovó foi embora, e penso que ele vai falar com ela como eu conversava com o Tote na imaginação. O principezinho da vovó, ela falava... Choro mais ainda.

Nos primeiros dias, peço que Maria tome conta do menino enquanto estou no trabalho. Mas, mesmo morando em cima, minha irmã e o marido já têm Quésia, sua filha pequena, para cuidar, e dizem que não podem dar conta dos dois, e então tenho que me virar. Rúbio pula de emprego em emprego, mas nunca para em casa e com ele sei que não posso contar para nada. Seria melhor que já tivesse se mudado, porque na verdade ele é mais uma despesa para mim. Já com Dadá também não, pois ele está ficando doente da cabeça.

Saio e deixo o menino em casa dormindo. Peço que Maria pelo menos olhe de vez em quando e dê comida. Anderson está na fase levado, percebe que, sem a avó, que já aceita todas as suas vontades, está livre para fazer o que quiser em casa. Todos os dias sofro apreensiva com medo de alguma coisa acontecer. Chego em casa e ele está sempre sujo e fazendo arte. Mas é um alívio ver que está bem. No dia seguinte, começa a mesma coisa.

Certo dia noto que ele está com um machucado na canela. Diz que tia Maria o amarrou na perna da mesa. Subo a escadinha lateral aos berros, discutimos e ela dá a desculpa de que Anderson fazia muita bagunça, sem respeito nenhum, depois deu socos nela, que precisou fazer algo. No fim, ela conta que cada um que cuide da sua cria, que eu fosse procurar o pai e pedisse ajuda. Ninguém de casa, exceto mamãe, sabia de como eu tinha engravidado, e decido terminar a discussão.

O que me salva é tia Lili, irmã mais velha da minha mãe e solteira toda a vida, decidir passar as tardes lá em casa para cuidar do meu menino. Não de graça, pois ela sabe que tenho trabalho com carteira assinada e pede uma ajuda em dinheiro. Não tenho escolha.

ENTRO EM CASA E RÚBIO ESTÁ NO SOFÁ, TODO MACHUCADO. Aperto ele e diz que os caras do Movimento estão implicando. Aperto mais e descubro que ele trabalha de aviãozinho, e a borracharia era fachada para uma boca de fumo. Grito com ele, pergunto se não tem vergonha, o que papai e mamãe iam dizer se vissem que ele entrou para essa vida. Ele diz, cínico, que eles não estão mais ali, e agora cada um se vira como pode.

Tenho medo de matarem o meu irmão, e mais ainda de alguém vir atrás dele e acontecer alguma coisa com Anderson, que começa a chorar ao nos ver discutindo alto. Aqui na comunidade sempre me respeitaram. Passo sempre andando rápido, de cabeça baixa, evitando encará-los, e respondo com "bom dia" ou "boa noite" se me cumprimentam, sem dar confiança. Conheço de vista alguns dos traficantes, pois os vi crescendo, mas sempre nos disseram para a gente não se meter com eles. Falam que nos protegem de todo o mal, mas qualquer um sabe que, se for preciso, eles matam rindo.

Como sou eu quem sustenta a casa, dou dois dias para o Rúbio ir embora. Ele me xinga de tudo quanto é nome, mas ainda assim concorda em sair, não sem antes rogar praga:

— O mundo dá voltas. Você vai se arrepender de expulsar o seu irmão da própria casa.

Dadá está vendo televisão, mas amuado, como quem não olha para lugar nenhum, e fica indiferente ao que está acontecendo. Queria que o pai estivesse em casa para dar uma surra em Rúbio e colocar ordem nas coisas. Nunca me senti tão sozinha, meu Deus!

A VIDA NO TRABALHO É O QUE MAIS TENHO DE NORMAL. Uso o uniforme largo que esconde o meu corpo enquanto limpo todos os andares. Faço os banheiros terças, quintas e sábados, que para mim são os piores dias porque a loja fica lotada. As pessoas não imaginam como os fregueses sujam esse banheiro público, que parece até pior do que os de birosca. Segundas, quartas e sextas eu tomo conta do salão ou do estoque, onde fica tudo mais tranquilo.

Quando me contrataram disseram que eu fui escolhida por ser bonita e ajudar a dar boa aparência para a loja, mas me lembro de que logo na primeira semana eu e mais três novas fomos orientadas a nunca puxar papo com a clientela. Se alguém perguntar algo, precisamos dizer para falar com algum vendedor, sem muita conversa. E, realmente, o pessoal que vem comprar coisas tem mais o que olhar. Tem horas que penso: se eu estivesse andando com uma faca enfiada nas minhas costas ninguém iria reparar. Ainda assim, para a minha família, estou com o rei na barriga porque trabalho numa loja muito conhecida, que aparece toda hora na televisão em propaganda com os famosos.

Um anúncio será gravado aqui, por ser loja central. As equipes de câmeras chegam. Todos simpáticos, ou pelo menos a maioria deles, pois o que parece ser o chefe anda histérico de um lado para o outro. Dizem que, para a cena parecer natural, os funcionários vão participar como figurantes na filmagem. A gente se anima, fico toda boba com a ideia de aparecer na televisão com Diogo Vilela e Regina Casé, mas no fim das contas usam atores como vendedores e, ao fundo, modelos de pele mais clara fingindo limpar o chão. Falam para os supervisores que devemos sair dali de perto. E me irrita ver, de longe, que pelo jeito as atrizes nunca pegaram numa vassoura, pois estão varrendo o ar.

Uma colega, com raiva e decepção, me diz que na novela a gente que é preta aparece como faxineira. Na propaganda, nem para isso serve.

Reparo que isso tudo funciona e deixa os donos mais ricos. No dia seguinte de propaganda nova a loja sempre tem mais movimento. E minha colega, que já cansou e vai pedir demissão para fazer faxina em outro lugar, constata uma coisa que eu nunca tinha pensado:

— Repare que a propaganda tem famoso e ninguém de cor. E sabe por que tem tanto preto vindo comprar esse monte de coisa cara? É justamente por isso, para se sentirem mais branquinhos e ricos. Depois ficam aí, cheio de dívida no carnê. Olhe só a pele do pessoal que tá no fundo, lá no setor dos que estão devendo...

É a realidade, mas no fim nem ligo, pois é nesse dia a dia de limpeza de banheiro imundo, cercada de gente que não me enxerga, parece que é ali onde tenho algum controle sobre a minha vida, esquecendo as coisas de casa. Só queria isso, ter o meu empreguinho e cuidar do meu filho.

UM DOS VENDEDORES ME TRATA COM mais educação do que o normal, diferentemente da maioria, que é bem besta. Mas ele não é bobo porque já viu que também olho para ele. Não tarda a puxar assunto na salinha de funcionários. Depois acho que ficou fazendo hora para me esperar sair, me acompanhando até o ponto de ônibus. Diz que é coincidência e finjo acreditar, rindo. Pegamos o mesmo ônibus, e ele com todo o respeito evita ficar se esfregando em mim como os outros homens fazem o tempo todo. E ele é um moreno corpulento, forte, e tem um sotaque bonito. Desço, e Celso segue.

Assim acontece nos dias seguintes. Até ele, no caminho do ponto, dizer que sou bem bonita, pois dá para ver que mesmo de uniforme eu tenho um tipo de encanto. Ele sabe que me ganha ali, não tenho muito o que fazer, por isso aceito que a gente planeje tomar uma cerveja no dia seguinte. Aviso para tia Lili que vou chegar mais tarde. Tenho que pagar um adicional a ela, que é bem mão de vaca, por isso espero valer a pena. Sou nova, não estou morta, acho que tenho direito a alguma felicidade.

Celso tem 26 anos, chegou de Recife, onde deixou mulher e filho. Deixa claro que está separado, querendo recomeçar a vida. Falo da minha, também dizendo tudo, exceto, claro, sobre quem é o pai do meu Anderson. Ele ouve com atenção e diz que o menino deve ter sorte se tiver me puxado. Sorrio e ele segura minha mão. Ele me beija e depois voltamos cada um para a sua casa. Desço do ônibus me sentindo uma princesa.

Sai o pagamento, vamos ao cinema, que ele paga, com pipoca e tudo. Tia Lili, para quem falo do novo paquera, me incentiva a sair e namorar, mas sei que ela também gosta de ganhar mais para tomar conta do Anderson. Vamos ver *Robocop*, que não entendo muito, mas também nem me interessa, porque passo todo o tempo beijando e me esfregando em Celso. Estou apaixonada.

Ele me leva para sua casa, que é um quarto com um banheirinho, tudo bem humilde, mas nada parece me afetar.

Pensava que, depois de Jonas, nunca mais iria gostar de ninguém, porque o amor iria ser para sempre uma coisa proibida, como era quase tudo para mim. Mas nesse dia sou feliz de um jeito como nunca serei mais, nem com Celso. E se esta frase agora serve para eternizar o sentimento, pois ela está aqui escrita: sou feliz quando me deito com ele.

NO TRABALHO DIZEM QUE É PROIBIDO os funcionários namorarem, e não entendo o motivo. Mas todos sabem de nós. Também é hipocrisia, pois todos sabem que a vendedora Sirlei é amante do supervisor Júlio, que é casado. E parece que até a mulher dele sabe, mas não se separa porque depende do marido. Então ninguém nos incomoda.

Em menos de um mês Celso vem viver comigo. Acaba sendo também mais vantajoso ele não pagar aluguel e dividir as despesas que temos. Ele aceita Anderson, os dois se dão bem. O menino sabe que ele não é seu pai, mas tem respeito por ele. Na verdade, me sinto segura tendo um homem em casa. Maria não gosta de Celso, diz que ele tem cara de canalha, mas a opinião dela e de qualquer outra pessoa, para mim, pouco importa.

Dadá ainda mora em casa, e é com ele que Celso parece se incomodar mais, mesmo não me falando diretamente. Meu irmão está gordo, sai pouco de casa, conversa sobre uma ou outra coisa, quase sempre falando mais de fatos passados do que de hoje. Mesmo a contragosto de Dadá, levamos ele ao médico de cabeça, que receita remédios fortes, fazendo-o dormir mais ainda. Diz que é depressão e outras coisas que não entendo.

Confesso que tenho algum medo de Rúbio, que andou aparecendo na casa de Maria bêbado, pedindo dinheiro e falando mal de mim. Ele certamente está metido com coisa errada e prefiro tê-lo longe da minha vista. Celso diz para não me preocupar, pois ele vai me proteger de qualquer mal. Bate no peito e diz, com aquele sotaque forte:

— Eu sou seu Robocop, minha preta!

Tenho um emprego, minha casinha, meu filho e um marido em casa.

Acho que agora sou uma mulher completa.

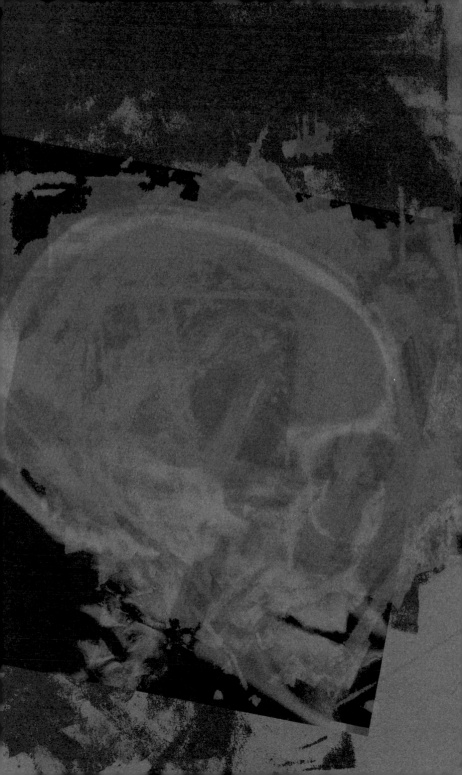

A **inflação** está de um jeito que ninguém aguenta. Votei no novo presidente porque ele prometeu prender os marajás e dar uma vida mais decente para o povo.

Durante a campanha, não parecia com os políticos velhos e ladrões de sempre, era jovem, bonito, lutava caratê. Então mereceu a minha confiança, assim como a de tanta gente. Mas não é isso o que vejo no supermercado toda vez que entro lá.

Celso está desempregado, porque cortaram parte dos vendedores da loja de departamentos, que não está mais com o sucesso de antes. Pelo menos ainda precisam de gente lá para limpar.

Consegui matricular Anderson, agora com 9 anos, no Brizolão. Ele fica lá o dia todo e já vem jantado para casa. É um alívio porque, quando ele ficar maior e quiser ir para a rua se metendo com coisa ruim, ficarei tranquila sabendo que está na escola. Ele tem mais sorte que eu. E prefiro que seja assim. Que Deus proteja o Brizolão, que ajuda a gente que é pobre.

Celso tem ficado triste porque não consegue emprego, está tudo difícil, e não quer ir trabalhar como peão de obra. Mesmo na construção civil a coisa está difícil. Parece que está tudo parado nesse país. Acho que só tem vaga para um tipo de emprego, que é o de remarcador de preços. A gente não entra num mercado sem ver em todo corredor o rapaz com a maquininha colocando etiqueta com novo preço nas coisas. Quando posso, corro para tentar pegar com a etiqueta antiga. Muita gente faz isso. Eles chegam e riem da gente, mas cada um sabe que o dinheiro no bolso é o mesmo, não tem maquininha que faça mudar.

Não está fácil para ninguém. Até para os ricos a coisa ficou ruim, especialmente quando confiscaram o dinheiro que tinham no banco. Nesse caso nem nos afetou. Nem em banco eu entro, porque o meu ordenado é pago diretamente na loja. O presidente passou foi a perna em todo mundo, pelo jeito.

No repórter, o apresentador fala com aquele vozeirão que as pessoas estão revoltadas, empresários deixando de pagar salários e empresas falindo. Tenho medo de que isso chegue no meu emprego. Por enquanto, tem pagado os nossos salários direitinho, exceto quando o dia do nosso dinheiro suado cai numa sexta-feira. Nesses casos, dão uma desculpa e só liberam o nosso pagamento na segunda, porque ficou rendendo mais para eles no banco durante o fim de semana. Um vendedor mais novo, ao saber disso, vai reclamar no administrativo, pois esperava o pagamento no quinto dia útil do mês, como tinham prometido. Leva um esporro do supervisor, que diz para ele:

— Vocês choram de barriga cheia. Se não está satisfeito, pode ir embora porque tem uma fila de gente querendo trabalhar.

Tem coisas que não são para se falar em público, a gente aprende com a experiência. O rapaz reclamão fica malvisto, e é logo demitido. Qualquer coisa é motivo para se mandar alguém embora.

Na sala de funcionários, às vezes alguém deixa um jornal. Leio com dificuldade, como se a parte da cabeça que permite ler um texto tivesse ficado atrofiada pela falta de prática. Mas folheio na minha hora de almoço. Numa reportagem são mostradas pessoas que infartaram ou teriam se matado depois que tiveram a poupança confiscada. Pelo nome completo vejo que uma delas é o coronel Romeu, que entrou em desespero porque tinha acabado de vender a casa, aquela onde trabalhei, para comprar outra em Petrópolis, deixando o dinheiro no banco.

Tenho um sentimento que mistura o de justiça sendo feita, porque esse homem me fez tanto mal. E por outro lado a sensação de que, se Anderson veio dele, meu filho nunca vai poder conhecer o pai. Concluo que pode ser melhor assim e evito continuar pensando no assunto. É terça-feira e tenho banheiros para limpar.

COMO SAIO CEDO E CHEGO TARDE, É CELSO QUEM VAI LEVAR E PEGAR O ANDERSON NA ESCOLA. Com marido em casa, já não preciso da ajuda da tia Lili, que ficou chateada porque já não vai ganhar o seu dinheirinho por fora para olhar o menino. Em casa, cansada, começo a discutir com Celso, que também precisa fazer comida e não gosta da situação:

— Quem é o homem nesta casa, você ou eu?

Ele me diz que também fica incomodado de ter que fazer comida para o Dadá. Insulta o meu irmão, chamando-o de vagabundo por ficar em casa. Eu digo que o meu irmão está doente da cabeça, mas Celso diz que é tudo fingimento para ter vida boa.

Dadá sai para a rua batendo a porta e chorando. Consigo ouvir os passos na escadinha. Vai para a casa de Maria, o que me desagrada porque assim começa uma fofocada de família. Eles não vão se meter, pois em briga de marido e mulher ninguém mete a colher, dizem. Mas sei que é certo falarem mal de Celso.

Continuamos a briga em casa, falando alto. Digo coisas de que me arrependo logo na hora, dizendo que Celso não estava ali antes e se está se sentindo mulherzinha pode ir embora de volta para o Nordeste porque não preciso dele para sustentar meu filho. Ao ouvir o "mulherzinha", Celso se enfurece e me dá um tapa forte na cara, que me faz cair no chão, de onde vejo Anderson tapando os ouvidos e fechando os olhos, chorando. Tenho vergonha de fazer o meu filho presenciar isso.

Celso pede desculpas, me abraça e diz que aquilo nunca mais vai acontecer. Nunca mais.

NUM DOMINGO VAMOS OS TRÊS AO PARQUE DE MA-
RECHAL HERMES. Durante muito tempo, em todas as vezes que passava de trem, meu olho esticava para ver aquelas naves subindo e descendo, a montanha-russa e a roda-gigante, que girava devagar até sumir completamente pela janela. Eu nunca fui a um parque de diversões, mas agora, mesmo com a situação apertada, posso levar o meu filho, que também sempre pediu para ir, dizendo que todos os colegas da escola já tinham ido lá.

Anderson corre logo para o carrinho de bate-bate. Eu peço aos dois que entrem em um só, mas meu filho diz que já tem 8 anos e quer ir sozinho. Ele vai em um azul, e Celso em outro amarelo. Acho complicado demais dirigir aquilo e fico do lado de fora, apenas observando. Depois de umas explicações sobre os pedais, a energia é ligada e os carros começam a andar. Meu menino precisa esticar a perna para chegar ao acelerador e o carro começa a andar para trás, para sua frustração. Ao notar que ele precisa de ajuda, Celso para ao lado e explica que precisa virar todo o volante para, só então, o carro andar para a frente. Em segundos, o menino já parece dominar a direção. Desvia dos outros, persegue o padrasto pela pista, bate nos outros de propósito e grita de satisfação.

Quando o tempo acaba e a energia é desligada, Anderson vem aos pulos me abraçar e pergunta se eu o vi dirigindo. A felicidade é tanta que ele não sabe se quer ir de novo ali ou conhecer outro brinquedo. Os olhos brilham feito estrelas.

Vamos os três numa xícara que gira, com um volante no meio. Fico tonta, mas Anderson pede que giremos mais e mais. Celso usa toda a força para fazer o brinquedo rodar com mais velocidade. Ao sair, quase caio no chão, e meu filho ri como nunca antes riu na vida.

Vamos ao trem-fantasma, onde ele finge não ter medo, permanecendo sentado entre nós e tremendo a cada curva e a cada susto naquele lugar escuro. O menino se encolhe e nos abraça forte. Celso e eu nos divertimos com o pavor de Anderson.

É na roda-gigante onde ficamos mais quietos, olhando todo o bairro daquela altura. Meu filho pergunta se dá para ver a nossa casa e Celso aponta para um lugar aleatoriamente, dizendo que moramos lá, e o menino acredita, espantado em como o padrasto consegue enxergar tão longe. Estamos tão felizes que é como se eu estivesse voando.

OS DIAS PASSAM, OS MESES PASSAM. Celso começa a beber, diz que a cachaça ajuda a esquecer os problemas. Aparece no meu trabalho no meio do dia com bafo pedindo dinheiro. Isso me constrange, mesmo porque ainda tem gente lá que tinha trabalhado com ele, e sei que os comentários são:

— Como está acabado, viu?
— Agora é a mulher que sustenta!

— Ele virou a babá do filho dela. Já viu disso?

As pessoas deveriam se meter com os próprios problemas. Mas parece que gostam mais é de se meter na vida dos outros, como se estivessem assistindo à novela. Eu não perco um minuto da minha vida querendo saber de fofocada de quem quer que seja. Quando os outros vêm contar coisas assim e me perguntam, digo que já tenho coisa demais da minha vida para ocupar a cabeça. Uma delas, que ninguém sabe, é que o meu marido fica em casa sim, mas bebe e me bate, depois pede desculpas chorando, como num círculo ruim.

Num dia ele chega no meio do meu expediente e lá vou eu para fora da loja ver o que ele quer dessa vez, já levando algum trocado para a bebida. Celso tem a cabeça baixa, e logo vejo que o semblante está amuado. Pergunto o que aconteceu. Ele demora a responder. Eu pergunto novamente e então ele diz:

— Foi o Dadá, Áurea. Ele foi atropelado e infelizmente faleceu.

A vida do meu irmão passa na minha cabeça inteira enquanto choro desconsolada. Nosso irmão do meio nunca teve um pedacinho sequer de felicidade nessa existência. A pobreza, a fome, a falta de afeto, de escola, de trabalho, a doença... Penso que, se Tote tivesse vivido, mais cedo ou mais tarde não teria acabado do mesmo jeito.

Tenho culpa porque não cuidei dele direito quando precisou de mim. Nos últimos tempos, passava mais tempo na casa de Maria ou andando pela rua.

No velório, não sabem dizer se ele estava distraído quando o carro o pegou ou se ele desistiu dessa miséria toda e, por causa do problema que tinha, se jogou no meio da rua para acabar com tudo de uma vez. Pela violência da pancada, está com o caixão fechado. Sequer posso olhar no rosto dele para me despedir.

Rúbio vem para o sepultamento, mas não falo com ele, que me olha atravessado, com uma pitada de raiva. Fala com Maria alto de propósito, para que eu ouça:

— Pois é, Maria. Mais um que foi expulso de casa. Tá aí o resultado.

Tento não responder para não iniciar um bate-boca naquele lugar, em respeito ao meu irmão falecido.

Depois de tanto tempo, Zefa aparece com o filho, que já tem 10 anos e só agora conheço. Só enterro mesmo faz com que uns parentes se vejam. Minha irmã está com aspecto de acabada. Pergunta como nós estamos, mas não fala muito da própria vida. Diz apenas que está bem.

A nossa família parece uma colcha de retalhos costurada com diferentes pedaços de tristeza.

Vida que vai, vida que chega. Descubro que estou grávida.

Ainda estou em luto pela partida do Dadá, e infelizmente acredito que ele tenha encontrado mais motivo para ter se matado do que na versão de um atropelamento por acidente. No fim, ficamos só as três irmãs e Rúbio, mas Zefa não dá as caras. E Maria, mesmo morando em cima, raramente se dirige a mim, e pelo jeito ela comprou a maledicência do Rúbio sobre a morte do

Dadá. As pessoas tendem sempre a acreditar no pior.

Por isso é que, mesmo casada, me sinto sozinha novamente. A ideia de um filho novo vem como um presente, antes de eu pensar na parte prática de como vai vir mais despesa. Antes de falar com Celso, é com Anderson que converso:

— Você gostaria de ganhar um irmãozinho ou uma irmãzinha?

Ele diz que sim e pula de felicidade quando digo. Essa reação me deixa ainda mais satisfeita e reforçada para contar ao pai.

Celso está bêbado e decido contar só de manhã. Ainda está sem emprego, e como não estou em casa não sei dizer se, ao longo do dia, ele continua saindo para procurar. Saio e ele geralmente ainda está dormindo. No segundo dia a mesma coisa, e no terceiro acordo ele logo cedo, ainda escuro. Digo para ele tomar café e despertar porque preciso dizer algo importante.

Já desperto, fica apreensivo com o que vou dizer. De início, fica quieto e olha para o canto, depois sorri e me abraça, enquanto diz no meu ouvido que seremos felizes.

Dois meses passados, Celso desaparece da minha vida sem dar nenhuma explicação.

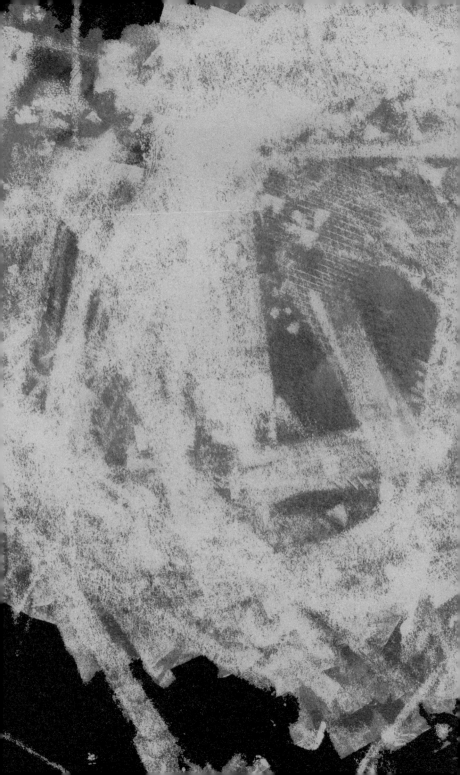

EU NÃO SEI SE É UMA COISA GENÉTICA, ou de pele mesmo, a gente nascer para ser mãe e se isso é o que basta para a nossa existência. A gente vê a galinha com os pintinhos, primeiro chocando os ovos com toda a paciência e depois protegendo eles, o peixe fêmea que carrega os peixinhos dentro da boca com todo o cuidado, os porquinhos pendurados naquele monte de tetas da porcona derramada no chão. Será que a natureza dá esse recado dizendo que é para isso mesmo que a gente serve, e acabou?

De tanto pensar nessas coisas, e provavelmente pelo cansaço, uma vez sonhei que eram homens que ficavam grávidos e tinham que cuidar da filharada. Era engraçado, mas ao mesmo tempo triste, a falta de jeito e de resistência para suportar tanta coisa. Dependesse deles, o ser humano já estaria extinto da face da Terra. A natureza é sábia, mas não tem pena nenhuma da gente.

Tenho ainda o livro que roubei de Dona Zuleika, professora que não queria que eu lesse. De vez em quando abro o *Quarto de despejo* porque além de tudo ele parece que fala da minha vida, da vida da minha família. Toda vez que ela escreve sobre a fome dos filhos parece que me dá motivo para sair de casa. Eles não podem passar pelo que eu passei, ninguém deveria passar por isso.

Cuidar sozinha de filhos é o meu sacrifício. Assim como as outras mães. Somos Jesus carregando, cada uma, a cruz que a vida nos impõe, que são os filhos. E a gente ama essa cruz também, porque se alguém perguntar "quer que eu suma com ela para você caminhar mais tranquila?" a resposta é, sem pensar duas vezes, um grande "não". Carregamos a nossa cruz, mas a diferença é que, no fim do calvário, não esperamos morrer nela.

> Pobre de Sinhá Vitória, cheia de cuidados, na escuridão.

GRACILIANO RAMOS
Vidas secas

Faço um bolinho de aniversário para minha filha Suellen. Em dia de festa de criança aparece gente que nunca tinha visto, lotando nossa casa pequena. Mesmo para uma festinha simples, eles surgem feito formiga. Uns moleques roubam docinhos da mesa antes dos parabéns, e não adianta brigar porque estão eufóricos. Tiro fotos, tenho uma câmera com filme de 36 poses para guardar a memória desse dia, algo que nunca tivemos na infância, por isso a lembrança que temos de nós mesmos quando crianças só existe na imaginação mesmo. **Quero guardar para sempre a imagem de Suellen assim, feliz da vida batendo palmas e soprando o bolo com as quatro velinhas.**

Ela é protegida pela prima Quésia, que tem o dobro da sua idade. Essa afinidade das meninas acaba forçando Maria a se reaproximar de mim, mesmo porque o motivo da implicância dela, que era Celso, já não está mais por aqui. Esse nome, aliás, é evitado a todo custo dentro de casa. Suellen foi registrada apenas com o sobrenome Macedo, de mamãe. Acho bonito e forte o nome dela assim, Suellen Macedo.

No entanto, dói um pouco saber que na certidão de nascimento dos meus dois filhos tem um traço na parte do nome do pai.

Apesar das dificuldades em geral, as coisas parecem estar melhorando pouco a pouco. No supermercado os preços já não sobem como antes. Se não consigo comprar tudo de que preciso, pelo menos não tem mais aquela loucura de tudo aumentando a cada dia. Aquele som tic-tic-tic da maquininha etiquetando parece coisa do passado. O presidente novo parece mais sério, fala bonito, e não tem a loucura do outro, que afanou o dinheiro das pessoas e acabou expulso do poder.

De todo modo, os políticos que se lasquem, os ricos que se lasquem. Eu só quero poder criar os meus filhos.

COMEÇO A TER DIFICULDADES COM ANDERSON. Ele não para na escola, vem repetindo de ano e não sei o que fazer. Desde que o Brizolão deixou de ficar com as crianças o dia inteiro e passou a funcionar só com um turno, foi esse desespero na nossa vida. Com o sumiço de Celso, tive que voltar a pagar tia Lili para olhar Anderson e cuidar de Suellen. Minha tia pelo menos não passou a cobrar o dobro porque são duas crianças, acho que ficou solidária à minha vida. Mas penso que, tardiamente, ela passou a ter um sentimento materno pela minha filha, vendo nela uma filha ou neta que nunca teve. Deu trabalho quando ela começou a balbuciar mamã mamã mamã para a tia-avó em vez de mim, como se eu fosse uma estranha.

E como se volta mais para o cuidado da pequena, tia Lili não tem controle nenhum sobre Anderson. Ele tem 13 anos e se sente adulto, o reizinho do mundo, fala muito palavrão e outras coisas feias que aprende na rua. Grita com a tia e comigo porque não tem um tênis da moda e roupa de marca. Acho que, nessa hora, falta um pai para servir de exemplo e, quando necessário, dar uma coça nele.

Numa noite chego cansada. Ele está em casa, emburrado e vendo televisão. Pergunto o que aconteceu e ele finge que não escuta. Falo mais algo e ele me encara:

— Mãe, quem é o meu pai?

Das outras poucas vezes em que ele fez a pergunta enrolei, mudei de assunto, mas agora ele parece firme, me olhando com raiva. Digo que agora não faz diferença, porque eu sou pai e mãe dele na prática. Digo que o amo por dois.

Ele diz que entre os amigos ficam se perguntando quem é filho de prostituta, porque muitos não têm pai no registro. Aqueles que têm os pais mortos, mesmo para o tráfico, ainda tiram onda porque pelo menos existe um nome no documento deles. Eu digo com raiva que nunca fui prostituta e isso não é coisa que se diga, mas vai dizer isso entre os garotos. E mesmo porque, todo mundo ali sabe, alguns são mesmo filhos de "mulher de vida fácil". Aliás, não sei quem inventou essa expressão, porque não é qualquer uma que aguenta sentir todo dia o corpo e o cheiro de um homem diferente para conseguir levar um dinheiro para casa. Provavelmente foi um homem quem inventou.

Por fim, digo a Anderson que ele é filho de um rapaz com quem estive uma vez, ainda muito nova, mas que nem sabia o nome nem onde morava. Ele vê que falar do assunto me incomoda também. Para de falar e se volta novamente para a televisão, quieto e de cara amarrada.

Tento falar sobre ele e a escola, mas sequer me responde, e desisto de continuar. Estou cansada.

ANDERSON APARECE EM CASA COM UM BONÉ DE MARCA. Pergunto como conseguiu e diz que foi emprestado de um amigo. Não passa muito tempo e tia Lili me diz que ele pegou o bujão de gás e saiu de casa, sem falar muito. Aperto ele. Fala que roubaram o boné do amigo e ele precisava pagar. Naquele dia não podemos fazer comida e ele parece não se importar. Fica com raiva se chamo a atenção por algo que fez de errado. Digo que se continuar assim vou colocá-lo no colégio interno. Ele diz que qualquer coisa é melhor do que aquela vida miserável.

Meu filho é moreno e tem o olho claro, e quando arregala as butucas me encarando fico nervosa, pois me vêm as imagens do coronel e de Jonas, e tudo o mais que gostaria de apagar da minha mente.

Em algum tempo é nossa televisão que ele leva, mas desta vez não dá explicação alguma para a tia Lili. Diz que ali é a casa dele e ela não tem nada com isso. Quando chego em casa, ele não voltou ainda. Depois de muita apreensão ele aparece e descobrimos que vendeu a televisão para poder sair com uma garota e pagar tudo, aparentando um poder de compra que não tem. Bato nele, que se defende e debocha, dizendo que nem dói. Está maior do que eu, esticando a cada dia, e só para quieto quando Suellen começa a chorar. Parece uma mesma cena se repetindo na minha casa.

Ele pega a irmã no colo e diz a ela que, se depender dele, não vão ter para sempre aquela vida de pobreza, tendo que se sujeitar a tanta limitação. Anderson fala para a irmã, mas endereçando a mim, que respondo:

— E como você vai fazer isso, seu ingrato, se nem para a escola você vai? Se não estudar vai ser o que na vida?

Anderson responde algo que me dói até o fundo dos ossos:

— Você e a tia Maria tentaram estudar. E são o que na vida?

EVITO DENTRO DE CASA QUALQUER MENÇÃO A RÚBIO. Não queria que as minhas crianças soubessem que o tio se transformou num dos chefes do Movimento. Anderson já deve saber, e me tremo toda de pensar que ele possa usar isso como vantagem para se gabar entre os amigos na rua. Ou pior: que use o nome do tio para conseguir qualquer coisa, virando alvo de inimigos do meu irmão.

Penso que Rúbio, em algum momento da vida, se cansou da miséria e da dificuldade. Isso acontece com todo mundo. O Dadá resolveu isso se jogando na frente de um carro, é o que acho. Já o Rúbio sempre se acha mais esperto, o malandro da área, e sei que continua no tráfico. Na última vez que tive uma conversa com ele, num Natal em que demos trégua na família, ele abriu o jogo depois de beber uma garrafa inteira de vinho São Roque:

— Você não fica cheia disso aqui não? A gente precisa de oportunidade. Tem coisa boa vindo aqui e vocês insistem na pobreza.

Ele disse isso batendo a mão no bolso e me olhando bem fixamente. No pescoço tem um cordão grosso e grotesco, que parece ser de ouro. Fingindo ser inocente, perguntei se ele tinha conseguido um bom emprego, no que respondeu:

— Emprego é para otário, Áurea. Você limpa merda de rico para ganhar um salário mínimo. Acha que isso é bom emprego? Já tem tempo que eu cansei de ser otário. O que você ganha em uma semana pegando ônibus cheio de madrugada eu tiro em menos de uma semana, sem precisar botar um uniforme escroto.

Rúbio está preso já tem algum tempo e ninguém vai visitar ele, um pouco por vergonha, mas também por medo, porque ninguém da família quer parecer associado a um bandido. Vai que ficou devendo ou algo assim.

Essa conversa do Natal vem à memória porque Anderson parece convencido da mesma ideia. Falo para ele: não adianta roubar as coisas de casa, fingir que não é pobre, é preciso correr atrás, e mais um monte de coisa que eu acho certa. Não adianta nada, é como falar para as paredes. No fim não consigo evitar e uso esse último recurso:

— Quer acabar preso que nem o seu tio?

A resposta vem de novo como uma faca:

— Não, mãe. Eu sou mais esperto do que ele e não vou dar esse mole, né?

Ele bate a porta, vai para a rua sem me deixar responder. Fico com um desgosto na alma.

MARIA ENTRA PARA A IGREJA COM O MARIDO e parece o tempo todo querer me converter, algo que evito. Converso com Deus é falando comigo mesma no escuro da noite. Não preciso ir a um templo. Peço todos os dias que proteja a minha família, inclusive Maria, João e Quésia.

Os três mudaram muito. Deixaram de ir ao pagode, onde iam toda sexta-feira, proibiram Quésia de pegar doce em dia de Cosme e Damião, dizendo ser coisa do capeta, e passaram a usar umas roupas que considero feias. Mas não tenho nada com isso. Respeito cada um com a sua maluquice de crença, como sempre fiz com o pessoal da macumba, na qual não acredito, mas desde criança peço licença ao passar num despacho na esquina.

Maria tenta me convencer a ir para me salvar. Digo toda semana que irei, mas em cima da hora dou desculpa. Depois de insistir um pouco, ela acaba levando Anderson para um culto, no qual há muitos outros jovens. Digo brincando que, nessa história de igreja, ele é a metáfora (gosto dessa palavra) de quem mudou da água para o vinho. Meses depois, me diz que quer estudar para ser pastor. Melhor assim do que estar solto por aí.

Compro outra televisão, mas Anderson diz que vai ajudar a pagar as parcelas. Pergunto pagando com o quê. Diz que está trabalhando, ajudando a igreja na comunidade, e em breve vai começar a entrar algum dinheiro. Pede que eu acredite nele e digo meio brincando: "Quero ver para crer".

Uma coisa que me deixa feliz é que ele tem um carinho grande por Suellen e parece ter cada vez mais respeito comigo à medida que vai crescendo e se tornando mais responsável. O tempo todo diz que vai trabalhar muito para dar uma vida melhor para a irmã. E diz que vai me ajudar também, apesar de eu ser "do mundo", como eles chamam quem não vai à igreja.

Quanto mais envelheço, mais o tempo passa rápido. Parece que nada acontece na nossa vida e lá se vão os dias, os meses, os anos.
A infância foi difícil, com **fome e miséria**, mas ao mesmo tempo parecia um campo aberto.
Até sobrava espaço para alguma brincadeira, mesmo sem que eu tivesse brinquedo.

No ônibus, voltando para casa todos os dias, me distraio voltando o pensamento para quando era pequena, porque mesmo as coisas tristes pareciam menos pesadas, não sei. Agora não, cada dia é um fardo novo, com o qual me acostumo, e assim vou acumulando nas costas. E por me acostumar com esse peso, deixo de reparar nele. Eu me sinto encurvada para a vida.

Anderson segue envolvido com a igreja. Tem o mundo dele lá no qual não me meto. Faz os negócios dele com os "irmãos" e traz algum dinheiro para casa de quando em quando. Com a experiência que ganhou, desenvolveu uma lábia que pode convencer qualquer pessoa de qualquer coisa. Às vezes chega em casa narrando como foi importante ter passado o dia pregando nos ônibus pela cidade. Não se metendo com coisa errada, para mim está bom. E cuidando da irmã enquanto estou fora também.

Por sorte ele a protege como uma coisa preciosa. Suellen é a primeira pessoa de toda a nossa família que parece ter algum futuro na escola. Tem muito carinho pelos cadernos, cuida bem de todo o material que lhe dão. Nesse aspecto é parecida comigo. Ela gosta de desenhar e tem uma letra linda, toda bem colocada em cima de cada linha. A minha felicidade, acho que uma das poucas, é chegar em casa e Suellen vir me mostrar as provas e redações, todas com notas altas e elogios das professoras.

Acho que ela faz isso de propósito para me deixar mais alegre. Não queria que minha filha percebesse como, na maior parte do tempo, estou cansada e infeliz.

Perto da virada do milênio, minha empresa, uma das maiores do país, vai à falência e vamos todos para o olho da rua. O meu desespero vem com o de tanta gente, que parece ter uma bomba nuclear caindo sobre as cabeças. Depois de tantos anos como uma das lojas de maior sucesso, com atores de televisão fazendo propaganda e cheia de gente rica vindo comprar coisas, ninguém acreditava nos rumores. Começamos a achar estranho o sumiço de alguns produtos, enquanto no estoque havia muitas caixas de coisas encalhadas. Gerentes da loja eram demitidos e vinham outros mais novos, prometendo resolver a situação, dizendo que era momentânea, e usando palavras em inglês que nunca entendi, mas que, pelo jeito, deviam convencer os donos por um tempo, até que veio a ruína definitiva.

Sou uma mulher de 35 anos, mãe solteira de dois filhos, semianalfabeta e moradora da favela. Estou desempregada e, mais uma vez, não sei o que fazer. Toda vez que algo me angustia penso em Dadá, em Tote, em mamãe a papai. Penso nesses que não estão mais aqui, como se do além pudessem me dar algum apoio.

Mais uma vez, estou sozinha neste mundo.

Depois de muito procurar, consigo um trabalho de empregada numa família bem rica da Barra da Tijuca. Por sorte e solidariedade, todos os desempregados da antiga firma acabaram se ajudando, indicando serviço uns para os outros, até que me chegou esse contato.

Na entrevista, a mulher diz que minha função será tomar conta de alguém muito especial da família, mas que iria me dar um trabalho extra por causa, acima de tudo, da comunicação. Penso que pode ser algum parente idoso ou com doença de cabeça. Mas isso não importa no momento e vou concordando. Preciso aceitar qualquer coisa, e só depois da aprovação, só depois que dizem que sim, consegui o emprego, é que descubro que serei babá de um cachorro.

Na casa dos De Lamare parece tudo extremamente organizado. São muitas empregadas, uma para cada setor, cozinheiras que se revezam, dois jardineiros, limpador de piscina, além de contratados temporários para eventos, pois eles recebem muitas pessoas o tempo todo. A casa é tão grande que, só para os funcionários, existe outra casa, mas por sorte não terei que dormir lá pelo tipo de serviço. Mas nos meus horários de almoço e descanso é onde fico. Os empregados a chamam de casinha, mas só ela é pelo menos quatro vezes o tamanho do meu barraco. Tudo ali é grande, espaçoso, quase exagerado. Diante do novo palácio, a residência onde trabalhei há tanto tempo não passa de um casebre.

Quem coordena todos os empregados é Suzete, a governanta que está na família há muito tempo. Foi quem fez minha entrevista de emprego, e poderia jurar que ela era a patroa. Acho que, de tanto conviver com os ricos diretamente, passou a falar com um nariz em pé. De início, dá para notar que se dirige aos funcionários da casa com um ar superior. Certamente se vê mais como uma quase patroa do que como a empregada que é. Fala comigo sem me olhar nos olhos, apenas dizendo mecanicamente o que terei que fazer:

— Sua rotina será levar o animal para as caminhadas diárias no condomínio e acompanhar a família em passeios externos. Deve atentar para que ele siga a alimentação prescrita e fazer os exercícios e massagens que constam no diário. Ali devem ser registrados quaisquer acontecimentos da rotina do cão...

Nessa hora fico nervosa porque quase perdi toda a habilidade com a caneta e o lápis. Até que ela repara no meu desconforto e continua:

— Sei que você praticamente não sabe escrever, não precisa ficar com vergonha porque é normal aqui, quase nenhuma empregada sabe. Mas isso não é uma exigência. Nesse caso, pode me narrar quaisquer notas da rotina do animal que eu mesma preencho o diário dele.

Quando penso que acabou, ela completa:

— Você também deverá acompanhar o cão nas consultas semanais ao psicólogo.

TENHO EMPREGO E AS COISAS FICAM MAIS TRANQUILAS. Agora com a perspectiva de ter salário todos os meses, pinto as paredes de casa, compro roupas melhorzinhas para Suellen e me dou o direito de uma ou outra extravagância às vezes. Paro um pouco no samba voltando para casa, às vezes bebo uma cerveja, que faço questão de pagar.

Sou convidada para uma festa de casamento de uma prima de João, marido de Maria. Compro o vestido, que demoro a escolher, pois acho que nenhum fica bom. Decido-me por um dourado com um tipo de rosa no ombro. Não é o mais barato, pago parcelado, mas acho que vale a pena. Em casa, visto e desfilo andando entre os dois cômodos, e Suellen diz que pareço uma rainha.

Somente no dia, depois de ir fazer o cabelo, me dou conta de que não tenho o sapato. Recorro a Maria, que comprou um novo para a festa e me empresta o antigo. Meu pé é um número menor, mas não tenho outra opção.

O casamento é bonito, todos ficam emocionados com a noiva entrando e quando toca a famosa música. Consigo jogar um punhado de arroz nos noivos na saída da igreja. Vamos para o salão de festas, onde Anderson se mostra já um pouco entediado por não ter ali ninguém da idade dele, enquanto Suellen rapidamente se junta a outras crianças para correr e brincar.

Na hora em que a noiva joga o buquê, vou para a brincadeira e, por pouco, eu não pego. Uma mulher me empurra como se ela estivesse desesperada para arrumar um marido, algo que não é minha prioridade de jeito nenhum. Ela sai aos gritos, vitoriosa, como se realmente aquele arrumado de flores fosse alguma garantia. A gente acredita em cada coisa...

Ao voltar para a mesa, me dou conta de que os sapatos apertados estão me machucando. Como tem uma toalha até o chão, acho que ninguém repara quando retiro a parte dos calcanhares e escondo os dois pés sobre a mesa.

Não me divirto assim há anos. Maria não bebe por causa da religião, mas eu não tenho nada com isso e não ligo em aceitar tudo o que os garçons trazem. Tocam diversas músicas, todos se animam, mas não posso sair dali para dançar com aqueles sapatos me destruindo, e sempre que me chamam digo que estou cansada. Até que na hora do samba um homem desconhecido me puxa para dançar e, antes que consiga dizer que não vou, estou descalça no meio do salão.

Uma parte de mim morre de vergonha por estar ali assim, mas a outra é embalada pelo batuque e ritmo. Deixo o meu par e começo a sambar sozinha, facilitada por estar sem nenhum calçado. Ouço as pessoas batendo palma, e na música seguinte quase todas as mulheres também tiraram os sapatos e estão dançando livres.

Quando volto para a mesa, suada e feliz, Suellen me fala com os olhinhos brilhando:

— Mãe, não falei que você era uma rainha?

NO SERVIÇO, FICO MAIS PRÓXIMA DAS BABÁS, que são duas, uma para cada filho. E comigo três, pois de cara deixam claro que o cachorro Thomas, com H mesmo, é considerado sim um membro da família. Não sou veterinária, nunca tive bicho de estimação, mas sei cuidar de criança, então talvez isso baste, se é assim.

Nós babás precisamos usar um uniforme branco todo o tempo. O que me dão, pelo menos, é do meu tamanho. Como as colegas são negras que nem eu, não demora a me incluírem na piada que os empregados dão pelo uniforme, dizendo que somos brancas por fora e pretas por dentro. Não acho graça, mas finjo porque sou nova na casa e não quero confusão com ninguém por bobagem.

Pergunto a elas qual é a fonte da fortuna da família. Jandira, a mais nova que gosta de ser chamada de Didi, pergunta se nunca tinha ouvido falar neles, pois são celebridades que aparecem naquelas revistas que mostram como vivem os magnatas. Como não leio muito e esse universo pouco me interessa, digo que não conheço. Ela esclarece:

— Os De Lamare são donos de banco.

— De banco também! — completa Solange, a mais velha. — Eles estão metidos com construtoras, agências de publicidade e mais umas coisas que não sabemos. Até com produtoras de cinema. Tanto que, vez por outra, aparecem artistas famosos. Eles dão muitas festas aqui, um luxo só.

Nesse primeiro dia, conheço Thomas antes mesmo

de ver qualquer outro membro da família. Isso porque os patrões estão viajando e as duas crianças, na escola, onde ficam até o meio da tarde.

Suzete aparece trazendo o cachorro. Inicialmente ele late ao me ver, o que me assusta, mas logo em seguida me cheira e fica tranquilo. É grande, mas tem apenas 2 anos, praticamente uma criança. O pelo é marrom e bonito, mas no fim das contas é só um cachorro de raça desses de gente rica. Ela diz que é um rhodesian ridgeback, explica como e onde dar banho, secar e escovar o pelo. Faço perguntas sobre comida, água e que tipos de brincadeiras podemos fazer. Ao ver meu interesse, Suzete comenta:

— Vocês vão se dar bem, porque essa raça também veio da África, veja que curioso.

Esse também só podia se referir a mim. Mas não quis perguntar, porque na hora me veio na mente a lembrança do coronel explicando sobre a raça de fila, que tinha a função de capturar nossa gente que tentava fugir do trabalho escravo. Tenho que engolir a seco essa mulher me igualar a um cachorro. Preciso do emprego, penso em Suellen.

EM POUCOS DIAS, THOMAS É TÃO MEU COMPANHEIRO de trabalho quanto Didi e Solange. Ainda que Suzete não goste de ver as empregadas conversando, discretamente nos reunimos quando ela sai para resolver coisas na rua. E ficamos papeando sobre a vida, enquanto o cachorro nos olha como se entendesse as conversas.

— Esse bicho aí é mais gente que muita gente aqui — diz Solange, afagando a cabeça de Thomas, que fecha os olhos.

O serviço agora nem se compara com o que era na casa do coronel. Cuidar do cachorro dá menos trabalho que de uma criança. Sair para andar com ele nas ruas do condomínio até me distrai, mesmo tendo que carregar um saquinho para recolher o cocô que ele faz quase sempre no mesmo lugar. Mas limpar bosta eu já fazia nos banheiros da loja, então não faz tanta diferença assim.

Durante a tarde os gêmeos Arthur e Enzo brincam com Thomas. Vão para uma parte gramada e correm, jogam bola, se divertem. Os meninos, loirinhos com cabelo de anjo, têm 9 anos — a mesma idade de Suellen — e, junto com o cachorro, se tornam três crianças ali. Ficamos, as três babás, olhando e com ordens para não entrarmos em nenhuma brincadeira, o que frustra principalmente Arthur, que parece gostar mais de nós e nos chama para correr atrás deles. Suzete vem nos fiscalizar de vez em quando.

Apesar de serem iguais, Enzo é mais agitado e desobediente. Exige mais paciência de Solange, mas como ela é experiente tem um jeito certo de fazê-lo sossegar. Já a Didi comenta que teve sorte em cuidar de Arthur, a quem ela chama — apenas entre nós — de "meu reizinho". Solange diz que a colega às vezes pensa que é mãe do menino e a critica, dizendo que não deveria desenvolver um amor assim por uma criança que não é dela. Acho que está bem certa, pois a Didi, assim como nós duas, pode perder o emprego do nada, e daí vai sofrer duplamente: estar sem trabalho e longe da cria de coração. Solange diz para ela ir atrás da própria prole, mas Didi é tímida, se acha feia e diz que nunca vai arrumar ninguém. Fico com pena dela, coitada.

Todo mundo que trabalhou em casa de família sabe que muitas vezes se apega às crianças, especialmente quando elas passam mais tempo com babás do que com as mães de verdade. Mas na hora do vamos ver é só mais uma pessoa que pode facilmente ser descartada e trocada por outra. Essa é a verdade.

É por isso que não corro esse risco: primeiro porque tenho meus dois filhos, que são tudo o que eu tenho, mas também porque aqui eu só preciso cuidar de um cachorro.

DONA VERA DE LAMARE NEM É VELHA para precisar de tanta plástica. O rosto dela, esticado e com as bochechas parecendo estarem inchadas, deve ter um tipo de beleza que não consigo entender. É loura e de corpo bonito, pois usa a academia de casa todos os dias. Mas além disso é artista plástica.

Também não entendo o tipo de arte que ela faz. Tem um estúdio com luzes, tintas e objetos estranhos que, para mim, não dizem nada. Logo na minha primeira semana vieram uma jornalista da *Caras* e uma equipe de televisão para fazer reportagens sobre o trabalho dela. Segundo as minhas colegas, essa arte é como uma terapia para ajudar na saúde mental da patroa, também algo que não consigo entender, pois tirando esses aspectos parece alguém bem normal.

Em dado momento, estou escovando Thomas, como faço todos os dias. Gosto de falar com ele quando estamos sozinhos, e isso me faz bem porque parece que alguém neste mundo me escuta, mesmo não entendendo nada e tampouco me respondendo. É um tipo de mania que tenho desde sempre. Quando conversava com Tote era parecido e talvez tenha mantido isso porque é o meu jeito de falar com Deus ou comigo mesma. Pode parecer que sou maluca em pensar nessas três pontas se falando: Deus, eu e um cachorro de rico. Dou uma risada ao pensar nisso tudo.

A risada chama a atenção de Dona Vera, que passa perto. Ela pergunta com quem estou falando e digo:

— Estou conversando com o Thomas, ora.

Penso que falei rápido demais, sem pensar, como se tivesse dado uma resposta debochada. Ela não gosta e faz questão de demonstrar:

— Você não está aqui para falar com o cachorro, assim como as outras duas não têm que ficar conversando com os meus filhos. Porque nem que ele entendesse você não tem muito o que ensinar, não sabe disso?

Inicialmente penso que ela está brincando, sendo irônica, mas pela expressão sinto que fala sério. Apenas baixo a cabeça e digo:

— Tá bem, senhora.

SAÍMOS TODOS PARA PASSEAR NUM DOMINGO DE SOL no calçadão. É uma das raras ocasiões em que o Seu Rodrigo De Lamare está em casa para dedicação à família. Pelo que dizem, quando eles fazem esses passeios é tudo meio encenado, pois já esperam que pessoas venham tirar fotos para as colunas sociais.

Os dois meninos são arrumados com roupas coloridas, Dona Vera com uma roupa que, para mim, parece de academia, e o Seu Rodrigo com a camisa polo, bermuda clara e pernas mais branquelas ainda. São necessários dois carros para que todos cheguemos à praia. A família vai na frente e nós três vamos atrás, com nosso uniforme branco, eu levando Thomas pela coleira.

À medida que andamos, percebo que um homem nos segue e Solange esclarece que se trata do segurança particular do Seu Rodrigo. Desde que ele foi sequestrado há uns anos, só anda com segurança e agora teme também pela família.

Pobre tem tudo que é preocupação, mas pelo menos não tem medo de ser sequestrado.

Não andamos nem por 15 minutos e aparece um fotógrafo, seguido de outros. Eles fazem poses, puxam as crianças, mandam elas sorrirem para as câmeras. E elas fazem isso como se tivessem sido treinadas, forçando poses.

Querem fotos de Thomas com os meninos. Eu o trago para perto deles, segurando a coleira para que o cachorro não saia correndo e fuja, pois é o que me ensinaram a fazer quando estivesse na rua. Ninguém me diz nada até que o fotógrafo começa a rir, e não sei de quê. Fico sem graça e rio também, até que Dona Vera grita de um jeito que nunca vi:

— Sai da frente, babá! Quer sair na foto, sua macaca?

Até os fotógrafos e o pessoal da imprensa ficam sem graça com a ofensa, mas rapidamente o Seu Rodrigo começa a rir como se a mulher estivesse brincando, e todos eles riem também. Dona Vera pega a coleira da minha mão e vou para onde estão as outras babás. Didi está um pouco chateada, mas parece ter medo de falar qualquer coisa. Mas é Solange quem me diz:

— Não fica chateada com essa mulher histérica. Ela nem sabe o nosso nome, só chama a gente assim: "babá".

Digo que o pior foi ter sido chamada de macaca, mas ela apazigua:

— E você com essa idade não está acostumada ainda? Não esquenta com essa maluca. Ela fica nervosa nessas horas porque quer aparecer elegante na revista com a família perfeita.

— Mas isso é motivo para me tratar assim? — pergunto ainda indignada.

Ela vê que estou de cara feia e, certamente, teme que eu me prejudique com isso. Depois de uns segundos, ela chega e fala baixinho, sabendo que servirá para eu desviar da minha raiva:

— Ela na verdade é doida porque sabe que o marido gosta mesmo é de meninas e meninos, dos novinhos. Em casa te conto mais.

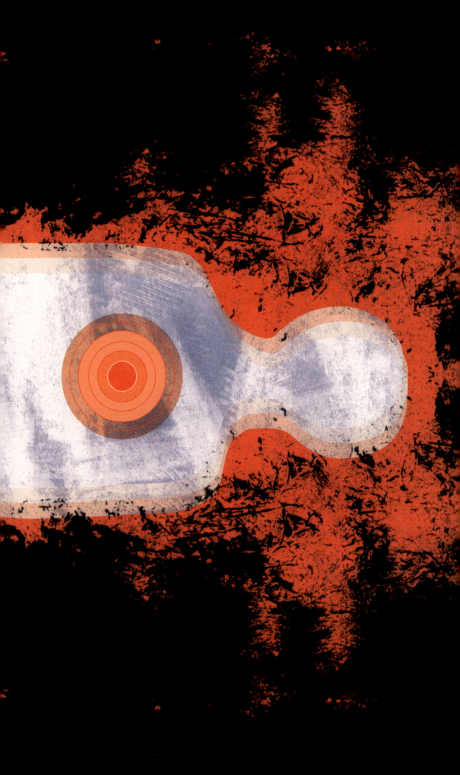

Dona Vera vai acumulando raiva de mim. Não sei se deixo transparecer, mas ela me olha como se soubesse que eu sei de algo.

Tento fazer apenas o meu trabalho. Vejo se de fato não tem ninguém perto para falar com Thomas tudo o que penso e sinto. Ele olha para um ponto fixo e até tira uma soneca enquanto abro o coração. E isso me faz bem porque todos os meus segredos estão guardados com alguém que nunca vai revelar. Nem para o psicólogo dele.

Não entendo como cachorro precisa de psicólogo, pois não vejo o que acontece quando o motorista nos leva, saio do carro até o consultório chique e o doutor o leva para dentro. O veterinário apenas me dá um "boa tarde" seco e fala com Thomas com entusiasmo, perguntando "E aí, como está, meu queridão?", fechando a porta em seguida.

Todos os dias, voltando para casa, levo o tempo da viagem para mudar de ambiente, como se fossem dois mundos separados. Em um deles o cachorro tem mais regalias e tratamento melhor que o de ser humano, e no outro tanta gente passa fome, se mata por besteira e fica tudo bem. Acho que, de tanto pular de um mundo para o outro todos os dias, também começo a não ligar para essa diferença. Quando tento conversar sobre esses assuntos com Solange e Didi elas no máximo suspiram e dizem que temos sorte de trabalhar com carteira num lugar tão bom, que paga direitinho todo mês, porque há muita gente nossa que nem isso tem. Daí se continuo elas ficam com desconforto e dizem que devo estar sem ter o que fazer para estar ali chorando de barriga cheia.

Só Thomas é quem parece me entender de verdade.

Passam três anos, vou me adaptando cada vez mais, como sempre fiz. Uma coisa que aprendi a fazer é ignorar as agressões de Dona Vera. A patroa não gosta mesmo de preto e de pobre e faz questão de deixar isso claro o tempo todo. Mas para cada "sua macaca analfabeta" que ela fala eu apenas baixo a cabeça e penso "madame branca azeda corna". O pensamento é o nosso grande lugar da liberdade.

Preciso do emprego e aceito porque sei que a patroa é maluca e também não tem pinimba só comigo. Ela ofende mais ainda Suzete, que é a pessoa de confiança da família e parece nem ligar. Ela parece ter desenvolvido um sangue frio diante de uma pessoa estúpida. Ouço a conversa das duas.

— Bom dia, Dona Vera. A senhora me chamou?

— Isso aqui é um suco de laranja? Prove, veja como está cheio de gominhos. Quantas vezes eu preciso dizer que não gosto disso?

— Perdão mais uma vez. Vou providenciar outro, Dona Vera...

— Por que você contrata essas analfabetas pretas que não fazem nada direito, Suzete? Só pode ser para me irritar, não é?

Acompanho as notícias. É a primeira vez que um pobre virou presidente, e tenho certeza de que isso também irrita toda a gente que tem dinheiro. Tento conversar sobre isso com Solange e Didi, mas elas dizem para parar de falar nessas coisas e ir catar o cocô de Thomas.

QUANDO SUELLEN FICA MENSTRUADA PELA PRIMEIRA VEZ, felizmente consigo explicar tudo para a minha filha, mas ela já parece saber bastante sobre o funcionamento do corpo feminino. Não sei se ela sabe como lidar com isso por causa da escola ou pela Quésia, que tem experiência até demais, mas a minha menina parece muito mais instruída sobre as coisas do que eu fui. Eu pareço ter mais vergonha para tratar do assunto do que ela, que está sangrando e age naturalmente. Essas crianças de hoje em dia...

Começo a me preocupar com Anderson, que parece meio bitolado. Não pela igreja em si, mas por uma ideia de melhorar de vida do nada, ficar rico, essas coisas. É até meio chocante eu chegar em casa cansada depois de passar o dia inteiro cuidando de um cachorro de rico e o meu filho começar a falar com o olho meio arregalado:

— Mãe, tem uma graça divina esperando a gente. E ela vai se materializar em breve, a gente vai sair desse barraco, dessa vidinha. Vou dar uma vida melhor para a Suellen, a senhora vai deixar de ser empregada dos outros. Tenho fé, mãe!

Eu pergunto se ele tomou vergonha na cara e voltou para a escola. Já está com 21 anos e nem terminou o Ensino Fundamental. Digo que eu não tive chance de estudar, mas que ele pode, se quiser. Mas parece que herdou dos tios essa ideia de que escola não serve para nada. Pelo que tenho visto, acho que a maioria hoje pensa assim mesmo.

Eu não consigo entender isso. Maria podia ter insistido mais para que Quésia continuasse estudando, mas a menina parou de ir para a escola porque queria ser independente e começou a trabalhar de manicure, com 16 anos. Tenho muito carinho pela minha sobrinha, que também me adora e até me confessa coisas de namoros que não fala em casa, mas ela quer mais é desabafar comigo do que ouvir qualquer conselho.

Por isso sei que a garota tem dado trabalho para a mãe, pois só quer saber de botar o shortinho e ir para o baile. Falo com Maria que não vai ser surpresa se Quésia engravidar cedo, como acontece tanto por ali. Minha irmã fica com raiva e diz:

— Vai rogar praga para lá! Pensa que minha filha é que nem você, que não se segurou e pegou barriga ainda adolescente? Ela é muito bem instruída aqui em casa, conforme prega o Senhor!

Essa fala dela me deixa triste de um jeito ruim. Não respondo, volto no tempo e me aperreio com os pensamentos. Vou cuidar da minha vida, mas no fim das contas tenho medo de que a Quésia acabe sendo influência ruim para Suellen.

QUANDO CHEGA O PAGAMENTO GOSTO DE ME DAR UM PEQUENO AGRADO. Saio da casa dos De Lamare, depois de mais um dia ouvindo aquela patroa rica mimada me chamando disso e daquilo porque ela viu um cocô de Thomas na varanda. Dou azar porque não tinha visto e vou correndo limpar. Ela grita que, de uma próxima vez, vai mandar eu comer a bosta que eu deixar no chão, que sou relaxada e que se eu deixo a minha casa cheia de cocô é problema meu, pois ali é a casa dela etc. etc. Limpo dizendo "tudo bem, senhora, desculpe", e tento não ouvir, pensando que no final do dia vou comprar as três barras de chocolate na promoção.

Na loja, gosto de escolher bem e com calma os meus três chocolates. Troco toda hora, porque quero montar uma combinação boa: um ao leite, outro com pedaço de nozes e outro branco. Não tenho pressa de fazer essa seleção, inclusive me dá uma sensação boa. De repente, vejo que o segurança está me olhando com o pescoço esticado. É um preto bonito com aquele uniforme, por isso levo meio segundo pensando se ele não está reparando em mim, e depois olho de volta e o encaro. No entanto, logo em seguida sou abordada por outro que vinha pelo outro lado e segura o meu braço com força. Grito de susto e pergunto o que está acontecendo.

— Deixa eu ver o que tem aí! — ele fala alto e pega na minha bolsa, o que me dá vergonha porque todo mundo começa a me olhar.

— Eu não estou roubando nada, só vim comprar o meu chocolate! — respondo, puxando a bolsa de volta por instinto.

Nisso o segurança preto já chega e me segura, enquanto o outro faz mais força para enfim pegar a bolsa, que rasga e faz as minhas coisas se espalharem pelo chão. A essa altura já começa a se formar uma multidão em volta. Estou me debatendo para me proteger deles, que torcem meu braço para, em seguida, me jogar para o chão, enquanto ouço vozes dizendo:

— A mulher foi pega roubando...

Choro e grito que não sou criminosa, sou trabalhadora, mas agora já me imobilizaram com o rosto colado no chão e minhas mãos nas costas, com o joelho pesado do segurança fazendo força. Vejo a minha moedeira e a chave de casa no chão perto de mim. O outro segurança está vasculhando as coisas atrás de um chocolate que nunca vai encontrar. O gerente chega e novamente dizem, agora mais alto:

— A mulher foi pega roubando!

São dezenas de pessoas em volta. Um segurança diz que não acharam nada, e o outro me levanta, chegando a me apalpar para ver se não tenho nada escondido. Não tem nada, ele diz e então me solta, começando a se afastar para voltar ao posto. Quero xingá-los, mas só consigo chorar de raiva e vergonha. Já livre, vou catar minhas coisas no chão e enquanto isso o gerente tenta desfazer o tumulto:

— Não foi nada. Está tudo bem, pessoal!

Pego minhas coisas e guardo na bolsa rasgada, tendo que segurar mais forte para que nada escape e caia de novo. Os seguranças não dizem nada, o gerente pede desculpas falando baixo, mas já me encaminhando para a saída, como se eu estivesse atrapalhando o fluxo da loja.

 Volto para casa e as duas frases começam a ecoar na cabeça de um jeito que não consigo evitar.

— **A mulher foi pega roubando!**

— Não foi **nada**. Está tudo bem, pessoal!

— **A mulher foi pega roubando!**

— Não foi **nada**. Está tudo bem, pessoal!

— A mulher foi pega roubando!

— Não foi nada. Está tudo bem, pessoal!

— A mulher foi pega roubando!

— Não foi nada. Está tudo bem, pessoal!

A GENTE NÃO NASCE COM UMA ETIQUETA DIZENDO: VOCÊ VAI SER ISSO, VOCÊ VAI SER AQUILO.

A gente nasce e morre do mesmo jeito. O problema, já disseram, é o que acontece entre uma coisa e outra.

Parece simples e correto pensar que a gente é tudo igual. Passei boa parte da vida pensando que a gente sofre esse monte de injustiça por nada. Afinal, somos todos iguais. Perante a lei, perante a vida, perante Deus.

Aprendi a palavra: falácia.

Porque na verdade mesmo nós somos todos diferentes. Eu sou diferente dos meus pais, dos meus irmãos, dos meus filhos, dos meus patrões, das pessoas que me ofendem, que me veem cada uma de um jeito com sua própria forma de enxergar os outros.

Eu sou diferente de mim mesma. Diferente da Áurea que sobreviveu à morte de fome na infância, que foi

abusada ainda garota. Sou diferente da Áurea que sonhava com uma vida melhor, que sonhava em amar e ser amada de verdade por alguém. Sou diferente, cada vez mais diferente da Áurea que eu era, e diferente da que vou ser.

Sou diferente agora do que fui páginas atrás, porque serei outra ao fim deste relato. Ao derramar a minha vida aqui para outros eu também me liberto dessas memórias todas que me prendem. Eu aprendi que as palavras me libertam e podem libertar outras pessoas, e que felicidade eu ter essa oportunidade de dizer: não somos iguais, somos diferentes.

Sozinha comigo eu não consigo entender o porquê das coisas. Por isso mesmo, porque vou atrás do que é diferente de mim, é que gostaria de estender os braços e ser recebida sem ofensa, sem maldade, sem esse tanto de ódio. Tenho o profundo desejo de olhar para qualquer pessoa desconhecida e dizer: talvez eu possa te ajudar, porque também preciso de ajuda.

> E a voz tornou-se-lhe débil, e surda, e dolorosa, como um choro sentido, que fica no coração e não vem aos olhos.

MARIA FIRMINA DOS REIS
Úrsula

Suellen já está terminando o Ensino Médio. É um orgulho, porque ninguém na família foi tão longe nos estudos.

Inclusive ela se incomoda um pouco com o fato de a olharem com desconfiança, como se fosse metida. Do mesmo jeito que faziam quando trabalhei na loja, só porque tinha carteira assinada.

Uma vez me contaram que o pobre é feito os siris numa bacia. Quando capturados, eles são colocados no recipiente. Se fossem se ajudando, um fazendo cadeirinha para o outro, rapidamente um chegaria à borda, podendo puxar todos os demais rumo à liberdade. Mas o que acontece é que basta um siri alcançar um lugar um pouco mais acima para ser rapidamente puxado de volta. Assim, todos permanecem presos, mesmo num lugar cujo muro tem só um palmo de altura.

Digo para Suellen não ligar para esse tipo de comentário, porque na verdade é inveja por ela ser mais inteligente do que todo mundo ali.

Depois de muito tempo, Zefa aparece pedindo para morar conosco um tempo. Ela está acabada, parecendo com uma cópia esquisita de mamãe. Diz que não vê o filho há muito tempo, pois perdeu a guarda na justiça, está sem emprego e precisando de ajuda. Ela pede para morar com a gente mais por educação, porque diz algo como se aquela casinha ali também fosse dela, por isso não temos como recusar. Ela incomoda mais Suellen, porque a tia fuma o tempo inteiro, não para de tagarelar e atrapalha os estudos da minha filha. Fazer o quê?

Só não ficamos mais apertados porque Anderson saiu de casa. Mora dividindo uma quitinete com um amigo não muito longe. Disse que precisa do espaço dele, para se concentrar nos "negócios" — que não sei explicar o que são. Mas sempre vem em casa para nos ver, com aquela roupa bonita e lisa, que acredito ser exigência da igreja.

Não demora para que Maria e Zefa comecem a se estranhar e fazer barraco. A irmã de cima diz que teve a geladeira roubada e ao descer sentiu o cheiro da carne frita. Discutem, se estapeiam e eu digo que vou comprar a carne para repor, que parem de brigar por comida que nem bicho. Na hora me vem a lembrança da infância quando a gente brigava pela papa de fubá ou qualquer outro alimento e resmungo que elas não evoluíram em nada. Maria escuta e me responde:

— E você é melhor em quê, cuidadora de cachorro? Só porque trabalha com gente famosa se acha melhor que a gente?

É difícil essa coisa de família, porque eu estava tentando apaziguar a briga das duas e agora elas se voltam contra mim. Fico com raiva e digo que Maria deveria arrumar um emprego, porque só fica em casa dependendo de marido. Falo isso sem pensar, e logo vem a resposta, agora de Zefa:

— Pelo menos ela tem marido, Áurea. O seu te abandonou e ninguém te quer mais. E ainda fica se achando. É por essas e outras que a Suellen está ficando assim, metida que nem a mãe.

Sou tomada pela raiva, principalmente porque falam da minha filha, que não faz nada contra ninguém. Tem horas que queria poder trocar de família.

Vou feliz e muito orgulhosa para a formatura de Suellen no Ensino Médio. Fiz questão de pagar parcelado a festinha que a escola organizou, porque minha menina merece. Com tanta coisa acontecendo para azucrinar a cabeça (porque é assim mesmo a nossa vida na favela), ela nunca deixou de estudar. Enquanto Quésia parou com a escola para cuidar da própria vida e chegou a dizer que a prima era otária, CDF e quietinha demais, Suellen se voltava para os livros. Enquanto o tio virou bandido e foi preso porque achava que o caminho do crime era o melhor, ela apenas sentiu pena e seguiu viciada no conhecimento. Enquanto o irmão insistiu que a igreja iria abrir um caminho para ficar rico rápido, ela colocou fé no estudo. Enquanto mesmo eu, a mãe dela, não tive a chance de estudar e comecei a trabalhar cedo, enquanto ninguém da família enxergou na escola um caminho para se entender como gente, a minha filha agarrou a oportunidade.

No auditório da escola, transformado em salão de festas, vejo mais mães do que pais, o que já era de se esperar. Porque a maioria é que nem eu, mãe que vira pai também, seja porque o homem morreu cedo, seja porque se mandou para não assumir, como foi o meu caso. Mas eu acredito que esse esforço dobrado dá ainda mais orgulho da conquista, como está estampado na cara dessas mães, e provavelmente na minha também.

Entre os estudantes terminando o Ensino Médio, muito mais meninas do que meninos. Anderson veio comigo. Comento baixinho isso com ele, que veste a carapuça e fecha a cara.

Maria e o marido também vieram, porque também amam muito a sobrinha. Mas sei que no fundo queriam que a filha não tivesse largado a escola.

Tocam músicas, a diretora da escola fala umas coisas bonitas, professores também se sentem felizes, exaltando como esse grupo de jovens pode ser uma esperança para um país com tanta desigualdade. Suellen é a oradora da turma. Quando é chamada para ir falar, os colegas fazem um monte de elogios e meu coração palpita forte.

Minha filha com aquela roupa de formatura com a faixa na cintura, aquele chapeuzinho quadrado com a cordinha, falando no microfone, essa eu acho que é a cena mais bonita do mundo. Ela fala como foi esse tempo, conta umas piadas que fazem os colegas rirem, e depois diz que nada disso seria possível se eu não tivesse dado a ela todo o apoio. Todos se voltam para mim, batendo palmas. E choro muito, com as mãos no rosto, porque só eu sei como foi chegar ali.

Ela diz que achou um livro em casa, *Quarto de despejo: diário de uma favelada*, e começou a ler, parecendo que era a história da nossa vida, que eu era um tipo de Carolina Maria de Jesus, a mãe que catava papel para poder alimentar os filhos. E que por isso mesmo ela iria estudar para tentar escrever uma história diferente daquela ali. Eu não sabia que ela leu o livro, assim como ela não sabe que o roubei da casa dos antigos patrões.

Depois da cerimônia, ficamos numa mesa, servidos o tempo todo com muitos salgadinhos e bebida. Suellen anda sorridente pelo salão com o vestido longo, dança com os amigos e comemora a conquista merecida.

No trabalho, comento com Didi e Solange sobre a formatura. Elas me dão parabéns, mas somente a primeira parece ter realmente se importado. A Solange é uma pessoa amarga demais, e acho que é porque vive só nesse mundo de fofocas de empregadas e não tem vida própria. As duas estão muito presas na casa, porque Arthur e Enzo cresceram, já não precisam de babá, e ambas foram aproveitadas para cuidar de outras coisas. Cada uma do seu jeito teme perder o emprego, até porque muitos ricos estão deixando de ter empregadas todos os dias e passando a trabalhar com diaristas, pagando menos e sem assinar carteira.

Para que ela não saiba do meu orgulho por terceiros, falo com Suzete também, que dá um parabéns seco, mas dali não poderia sair outra coisa.

Volto a cuidar de Thomas, que deve pensar que sou uma cachorra que nem ele, porque passamos boa parte do tempo juntos. Os patrões já disseram algumas vezes meio brincando, mas também com algum ciúme, que o cachorro gosta mais de mim do que de qualquer outra pessoa da casa. Eu apenas rio disso, mas a verdade é que, de todos ali, eu também tenho mais apreço é por Thomas. Já falei isso para ele várias vezes.

Acontece uma festa na casa. Chegam pessoas conhecidas. Algumas reconheço da TV, acho que vi em novelas. Parece que vão comemorar a produção de um filme pago pela empresa dos De Lamare, algo assim.

Ando pela festa, com meu uniforme branco, carregando Thomas, que é famoso entre os convidados. Muitos querem fazer carinho nele, tirar fotos e tudo. Nesses anos, ele já apareceu em várias reportagens de revista sobre os bichos que os ricos têm. Enquanto circulo entre os grupos, a única pessoa que fala comigo é Dona Vera, que grita pelo único nome pelo qual sabe me chamar:

— Babá, traz o Thomas aqui!

Preciso parecer um fantasma na festa e já me disseram que não tenho que ficar encarando os convidados, muito menos falando com eles. Mas não consigo deixar de ouvir o que conversam. Dizem que Enzo faz uma participação rápida no filme, e que foi só por isso que os De Lamare colocaram dinheiro lá. "Talento também é algo que se compra", ouço.

À medida que vão bebendo, acho que perdem o controle do tom da voz. Uma mulher, que reconheço de algum programa de televisão que passa aos domingos, já está bem alterada e comenta com outra: o lance ali é que o Seu Rodrigo tem um caso com o diretor do filme já tem um tempinho.

Uma atriz preta, que pela idade e aparência poderia ser minha filha, está sozinha e se aproxima para afagar

147

Thomas, mas logo pergunta o meu nome. Digo que é Áurea, e ela pergunta se eu sabia que significa "mulher de ouro". Eu rio e instintivamente coloco a mão na boca de vergonha, mas também para não notarem que estou interagindo com uma convidada. Ela se chama Raquel e comenta que é atriz de teatro e, se tudo continuar dando certo, será de cinema e televisão. Eu digo que sim, que tudo vai continuar dando certo para ela se Deus quiser.

— Se Ele não quiser aí é que eu me esforço mais ainda! — ela diz, me fazendo rir de novo.

Acabo não resistindo e comento sobre a formatura de Suellen. Raquel se mostra interessada e diz que minha filha precisa continuar estudando, pois ela também foi a primeira da família a entrar em faculdade e também passou por dificuldade:

— Minha mãe também foi empregada, Áurea. A gente que é preta tem quase sempre essa mesma história, essa mesma origem. Mas as coisas estão mudando. Promete para mim que vai falar para a Suellen continuar correndo atrás?

Ela segura a minha mão e digo que isso é certo porque minha filha é muito estudiosa, nem preciso eu dizer. Mas que fico muito feliz de tê-la conhecido. A moça diz que lembro muito a mãe dela e me abraça. Ouço um berro de Dona Vera:

— Mas que absurdo é esse? Babá, leva o Thomas para dentro, que já está ficando tarde, e pode ir embora já.

Ela vem andando até nós e pede desculpas para Raquel por eu ser inconveniente. A jovem diz que não foi nada. E sussurra para mim antes que eu me afaste:

— Se isso não fosse me prejudicar, essa perua ia ouvir umas verdades...

SEMANAS DEPOIS, SUELLEN DIZ QUE CONSEGUIU EMPREGO de meio período numa loja de roupas no *shopping* e que vai pagar um cursinho para fazer a prova da faculdade. Ela é danada e o engraçado é que até nisso os parentes querem se meter: já veio Maria dizer que faculdade é coisa de rico, não é para a gente, e que o dinheiro que a menina gasta com curso poderia muito bem comprar uma geladeira nova ou mesmo me ajudar com as contas. Ela mal sabe que Suellen também ajuda em casa, diferentemente de Quésia, que foi embora e nunca fez nada para a mãe. Mas não vou ficar dando satisfação da minha vida nem me metendo na dos outros. Ainda mais para essa coisa que na verdade tem só um nome: olho grande.

Num dia de folga vou visitar Suellen e ver como é a loja de roupas do *shopping*. Passo em frente à loja onde os seguranças me jogaram no chão achando que eu fosse roubar e só então me dou conta de que nunca mais voltei ali nem em nenhuma outra parecida. Eles tiraram até o meu gosto de me dar de presente uma barra de chocolate.

Deixo isso para lá, pois estou ali para ver minha filha entre as outras funcionárias daquela loja grande. Não quero atrapalhar, por isso olho de longe: ela está lá, bonita e educada atendendo os clientes, com o sorriso que deve convencer todo mundo até a gastar mais. Vou chegando para perto da vitrine, entro e reparo que a loja é bem chique, só de ver o preço das roupas. Fico espantada porque uma calça com rasgos custa todo o meu ordenado.

Um toque no meu ombro faz eu me virar, pensando ser Suellen. É um segurança, que pergunta se está tudo bem e se preciso de alguma coisa. Noto que ele está olhando para a minha bolsa. Tenho uma tremedeira e, sem controle, começo a me afastar e a falar alto que não estou ali para roubar. Xingo ele, começo a tremer. Consigo sair da loja antes que seja criado um novo tumulto e, principalmente, que Suellen me veja. Vou para um banheiro e me tranco, sentada na privada, querendo sumir do mundo. Tenho uma crise nervosa e começo a chorar.

ABCDEFG
PQRSTUVX
ABCDEFGH
KLMNOPQR
STUVWXYZ
SSSSSSSSS
SSSSSSSSSS
SSSSSSSS
SSSSSSSSS
SSSSSSSSS

Suellen se esforçou, passou para a faculdade. Vai estudar para ser professora, porque quer ajudar os outros.

Logo no primeiro período ela passa por muitas mudanças na forma de falar, de discutir sobre qualquer assunto. E ao mesmo tempo continua sendo a menina simples que sempre foi, ao contrário do que pensa Maria, que de vez em quando solta uma piadinha irritante:
— Cadê a doutora? Já está rica? Vão se mudar para um palácio quando?

Minha filha dá duro. Continua trabalhando de dia e vai para a faculdade de noite, mas não vejo cansaço na menina, e isso me faz muito bem, porque eu mesma me sinto o tempo todo esgotada. Ela chega, toma banho, come algo correndo e ainda vai estudar, emborcada na pilha de livros que traz para casa. Queria tanto que Anderson tivesse sido assim...

Chega a notícia de que Rúbio saiu da cadeia. Espero que fique bem e com saúde, mas torço para que não nos procure nunca mais. Tenho algum medo dele, na verdade. Dias depois, tia Lili vem nos visitar meio apavorada. Diz que meu irmão passou na casa dela. Tomou banho, jantou e foi embora depois de pegar dinheiro emprestado "para se refazer na vida", o que quer que isso signifique. Falou muito mal de todas nós, especialmente de mim e de Maria: bando de traíra, que o abandonou para morrer na cadeia cercado de todo tipo de bandidagem. Eu tento dizer a ela que a gente se afastou justamente porque ele se meteu com o crime, mas é claro que não adianta minha argumentação agora para tia Lili.

Ela tem medo de que Rúbio apareça lá outras vezes, sabe-se lá em que situação, sabendo que a tia é uma senhora que mora sozinha. Suellen tenta acalmá-la:

— Tia, ele acabou de sair da cadeia. Deve ter sofrido muito lá nesses anos. Está desorientado, sozinho, sem recurso e nenhum apoio da família. Posso ver na faculdade se alguém conhece algum programa para ex-detentos...

Tia Lili não quer saber da conversa. Diz só que não quer mais vê-lo batendo na porta da casa dela para pedir nada. Numa próxima vez, ela fala com medo, vai chamar a polícia.

THOMAS ESTÁ DOENTE E PARECE SER ALGO GRAVE. Começou a ficar amuado de repente, e exames detectaram uma doença rara que não daria muito tempo de vida a ele. É como se eu fosse perder alguém muito próximo e querido depois desses anos todos. Conforme ele definha, a atenção que recebe dos gêmeos e dos patrões, que viajam o tempo todo, vai diminuindo, de maneira que eu sou a única pessoa com quem ele tem contato longo diário. Ele me olha com uma cara triste e fecha os olhos como quem ensaia diariamente uma despedida. Faço carinho no pelo marrom como se estivesse tratando de um filho. Aliás, em matéria de afeto de filho, tenho ficado mais próxima de Thomas do que de Anderson nesses tempos.

Sento no chão e o cachorro começa a cochilar com a cabeça sobre a minha perna. Confesso a ele que também não tenho me sentido bem. Acho que, de tanto me abaixar para cuidar dele, e depois de tanto tempo tendo que carregá-lo no colo em diversas ocasiões, tenho sentido muita dor nas costas. Em alguns dias mal consigo dormir porque não tenho posição. Tenho receio de dizer isso para mais alguém na casa, pois certamente chegaria aos patrões, que iriam me demitir sem pestanejar. Sei que sem Thomas eu não teria mais função na casa, pois não acredito que me manteriam como fizeram com Solange e Didi. E não acho que comprariam um novo cachorro tão cedo. Mas evito pensar nisso porque antes de imaginar minha demissão vem a ideia da morte de Thomas, algo que me dói profundamente.

Didi é mais nova e forte, por isso tem cuidado mais da faxina da casa, especialmente na limpeza externa. Assim, ela acabou se aproximando mais de mim nesses anos, já que uma boa parte do tempo eu fico no quintal cuidando de Thomas. Ainda que Suzete a impeça de brincar com o cão (porque para ela qualquer demonstração de felicidade nossa é motivo de sermos chamadas a atenção, como se fosse errado até sorrir naquele lugar), Didi também se afeiçoou a ele.

A casa está quase vazia. Solange está com a outra cozinheira ajudando na cozinha. A família viajou e Suzete está resolvendo coisas na rua. Didi vem até a grama e, sabendo que não será advertida, abraça Thomas com toda a força e chora. Ela veio do Maranhão, há poucos parentes morando no Rio, e ainda assim tem pouco contato com eles. Com o tempo, ela acaba me confiando coisas que não diz a mais ninguém, assim como eu faço com o cachorro. Depois de enxugar as lágrimas, faz carinho no pelo do nosso amigo e começa a ficar apreensiva. Pergunto se está tudo bem. Ela faz que sim, mas hesita. Depois de um silêncio, diz que precisa me contar uma coisa e quer minha opinião, mas tem vergonha. Fica nervosa e pergunto se ela está bem de saúde. Responde que sim, mas em seguida continua:

— Áurea do céu, preciso te dizer isso porque não tenho como contar a mais ninguém. Acho que estou apaixonada. Depois de tanto tempo, acho que encontrei a pessoa certa.

Fico feliz e dou os parabéns, querendo saber então qual era a opinião que ela queria. Didi olha para baixo e continua:

— Eu fico sem graça de ter que contar isso, mas em você eu confio como se fosse carne da minha unha. *Mermã*, eu descobri que gosto de mulher. A pessoa que conheci é uma moça que me dá mais felicidade do que qualquer homem poderia dar.

De início me espanto, porque não esperava a declaração, mas ao mesmo tempo noto que, depois do choro de uns minutos e a hesitação, ela passa a ter um brilho nos olhos. Peço que me conte como isso tudo aconteceu. Didi me explica que sempre sentiu atração pelas meninas, mas que guardava isso porque tinha medo e se forçava a tentar gostar dos garotos. Há pouco tempo, acabou se aproximando de uma amiga, daí tudo aconteceu naturalmente.

Acho a história linda e dou força para ela. Ao mesmo tempo, sabendo como são as pessoas, se isso fosse conhecido ela seria não só olhada torto, mas também demitida na hora.

— Se Suzete sabe disso, *mermã*, eu não duro mais um dia aqui nessa casa. — ela diz, e sou obrigada a concordar, mesmo sabendo que estamos em 2009 e esse tipo de situação não deveria ser motivo de ninguém perder emprego.

Prometo guardar segredo e digo que qualquer hora quero conhecer a namorada de Didi.

THOMAS PASSA BOA PARTE DO TEMPO DORMINDO. Come pouco e a cada dia interage menos, até comigo. Os patrões dizem que, segundo o veterinário, ele está sofrendo muito e, por isso, decidiram que ele deve ser sacrificado. Eu choro meio descontrolada ao ouvir isso, mas eles insistem em me dizer que é o melhor a se fazer agora, com uma injeção que age rápido e acaba com a angústia do cão. De início não acredito, mas não tenho escolha, mesmo porque preciso saber do meu lugar. Noto que eles também estão muito tristes, especialmente os gêmeos. Eu me despeço de Thomas, que está quase desacordado, mas me olha uma última vez nos olhos quando agradeço por ele ter me ouvido tanto nesses anos. Levam-no embora. Fazem um enterro no dia seguinte, mas não sou convidada.

DECIDEM NÃO ME DEMITIR E SEQUER COMENTAM SOBRE A CERIMÔNIA DE DESPEDIDA DE THOMAS, que foi apenas para a família. Dizem que, pela dedicação nesses anos, vou passar a ajudar na faxina interna, e que Suzete vai dar mais instruções. A minha dor nas costas está cada vez mais forte e os analgésicos começam a não fazer efeito logo nos primeiros dias na nova função. O que me preocupa, pois não sei até quando vou conseguir esconder essa condição. Somente Didi sabe e tenta me ajudar sempre que pode, e assim vou levando os dias.

Suellen liga para o meu telefone celular, que quase não uso porque é caro colocar crédito e deixo para emergências. Levo um susto com o toque e ao ver o nome na tela, pensando logo em algo ruim. Diz que preciso ir ao *shopping* depois do trabalho para encontrá-la. Pergunto se está tudo bem. Ela parece feliz e empolgada, então me tranquilizo.

Não entendo o motivo de tanto mistério, mas ao chegar ela quer me apresentar ao namorado. O rapaz se chama Lucas, faz Engenharia na mesma faculdade. Ele é branco sardento e tímido, com óculos meio fundo de garrafa. Tem um sorriso meio infantil, mas acho que é porque tem quase a idade dela que não deixo de olhar como se ainda fosse uma criança. Depois de pouco tempo, já está falando mais e conta que se conheceram na biblioteca:

— A senhora não vai acreditar. Eu estava procurando um livro e não achava nas estantes. Daí ela veio me ajudar e encontrou em dez segundos!

Suellen completa:

— Mãe, o livro estava bem visível ali, na cara dele! É claro que ele estava andando de um lado para o outro só para chamar a minha atenção, né? Resolvi ajudar o coitado.

Ele a interrompe e fala que não foi bem assim. Rimos todos.

Passam-se duas semanas. Suellen chora em casa. Ela tem andado muito atarefada com a vida corrida entre trabalho e estudo. Penso ser estresse. Tento saber o que aconteceu e ela revela que foi conhecer os pais de Lucas, que sorriram amarelo quando foi apresentada. Ele provavelmente não tinha dito a eles que sua namorada era negra, e isso todos sabemos como é. De cara tentaram ser educados, mas em pouco tempo de conversa começaram a dizer que o filho é mulherengo, perguntaram de uma ex-namorada loura e outras coisas que a deixaram constrangida. Segundo ela, Lucas ficou bastante chateado com aquilo tudo e, depois de pressionado, acabou revelando a fala dos pais:

— Acham que ele passou a ter mais consciência social quando entrou na faculdade, por isso se aproximou de mim. Mas para estar junto de verdade ele merece coisa melhor, não uma pretinha de favela.

O que dói em Suellen e agora em mim não é o "pretinha de favela", porque é o que nós somos mesmo: pretas da favela. O que me revolta é o "coisa melhor", porque quando chamam alguém de "coisa" é porque ela não chega a ser alguém.

    Hoje consigo ignorar quando sou ofendida pela Dona Vera, porque preciso do meu emprego. Mas chego a ficar sem respirar quando imagino que minha filha pode passar pelo que eu passei, ser jogada no chão como se fosse uma criminosa. Não quero que olhem para ela como olham para mim. Eu abraço Suellen forte e choro com ela.

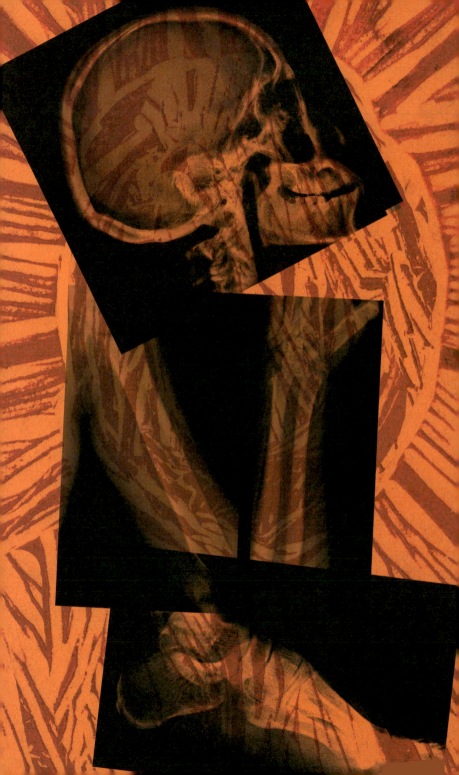

Minha Suellen já vai se **formar na faculdade.** Felizmente, continuou namorando Lucas por esses quatro anos, aprendendo também a conviver com aquela família que não gosta dela. O rapaz, no fim das contas, sempre faz questão de levá-la em todas as ocasiões com os pais, e eles tiveram que aprender a conviver com a garota.

Mas não é fácil. Ela me conta situações como na vez em que recebeu um ovo de Páscoa e a mãe fez escândalo porque ganhou um menor. Ou quando tem um aniversário qualquer da família e, ao ver que Suellen é tratada com a merecida simpatia por parentes ou conhecidos, a mãe vai logo depois falar mal dela, dizendo que aquele namoro é, na verdade, só uma revolta para provocar os pais.

E houve uma vez quando o pai, bêbado, disse numa mesa, na frente de um monte de pessoas:

— Desde pequeno Lucas não parava de olhar a bunda das empregadas lá de casa. Olha aí no que deu!

E riu, acompanhado de um ou outro parente que pensa o mesmo, mas sem saber que, na verdade, estava fazendo o filho se afastar cada vez mais deles e ver um futuro com Suellen. Com o tempo, ela saiu ganhando porque o namoro ficou mais forte.

DEPOIS DE INSISTIR POR ESSES ANOS, trabalhar está se tornando impossível. Já me encostei pelo INSS por várias vezes, sempre temendo ser demitida a cada vez que volto. Acho que naquela casa passaram a ter pena de mim, o que não gosto, mas também não posso fazer nada.

Eu me esforço para não depender de ninguém, mas na parte interna é Didi quem acaba fazendo o trabalho mais pesado. Geralmente começo, mas logo sinto muita dor e ela me coloca para sentar ou tirar o pó de coisas que não exijam mexer o corpo. Tenho 49 anos e já me sinto uma inválida.

Suellen diz que preciso descansar, pois minha coluna ficou ruim de tanto tipo de peso diferente que já carreguei ao longo da vida, inclusive a família, que levei nas costas por tanto tempo. E que, agora, é a vez de ela assumir as contas, pois além do emprego na loja no *shopping* já está dando aulas particulares e, em breve, vai melhorar quando fizer concurso público. Acredito nela, mas queria era eu mesma não virar um peso, porque minha filha merece ter a própria vida.

Anderson ainda vem de vez em quando em casa, ajuda me deixando dinheiro para remédios e outras despesas, mas logo desaparece por semanas. Sei que, no dia a dia, com ele não posso contar.

Maria vem me dizer que Rúbio reapareceu, primeiro na casa de tia Lili, mas dessa vez parou com um carro na porta e deixou presentes para ela, todo bem-arrumado. Depois veio por aqui, durante o dia, quando eu não estava. Quésia está sem trabalho e voltou, pela terceira ou quarta vez, a morar com a mãe. Sei que isso não dura muito tempo porque as duas se desentendem e a garota, já mulher feita, diz que vai sumir para sempre. Até ficar no aperto e reaparecer.

Zefa sumiu de novo depois de tanto se desentender com Maria. Eu acho que a minha irmã mais velha sofre muito porque raramente vê o filho, que está crescendo longe do carinho materno. Disseram que o ex-marido se mudou para outra cidade e tem uma mulher nova, a quem o garoto já vem chamando de mãe. Antes de ir embora, Zefa me disse, bêbada, que na última vez em que teve contato com o menino ele a tratava quase como uma desconhecida de quem, no máximo, se tem pena.

Maria me conta que Rúbio está envolvido com novos negócios, e ela fala essa palavra devagar porque tem algo por trás:

— Ele disse que veio revisitar a família agora que fez 50 anos, e é como se estivesse renascendo. Perdoou todo mundo que virou as costas para ele. Abriu a carteira e deixou um monte de notas altas para Quésia, falando que era para ela comprar umas roupas de marca e sair para se divertir. Pensei em recusar o presente, mas fiquei com medo de como ele iria reagir. Mesmo assim não ia adiantar, pois Quésia ficou impressionada com a aparência de rico do tio, cheio de pulseira e cordão de ouro, e ainda ficou puxando o saco dele. Sabe-se lá de onde vem esse dinheiro?

Minha irmã faz o sinal da cruz enquanto pergunta. Mas é no fim da conversa que ela diz algo que me deixa preocupada:

— Antes de ir embora, ele falou que também perdoa você por ter sido sempre tão ingrata. Mas que, felizmente, o filho não te puxou. Não sei o que ele quis dizer com isso. Mas também nem tive tempo de perguntar, porque ele atendeu o celular, acenou para mim e desceu a escada indo embora.

A FORMATURA DE SUELLEN ESTÁ AINDA MAIS BONITA DO QUE DA OUTRA VEZ. Agora alugaram um salão de festas grande, tudo muito chique. Ela pagou durante meses uma prestação com o dinheirinho suado, assim como fez toda a turma da faculdade. E ainda me comprou um vestido azul prateado, porque me queria bem bonita lá no dia. Nessas horas até a dor nas costas vai embora.

É uma pena que Anderson não pôde vir. Segundo ele, teria que viajar a trabalho. Mas acho que, se pudesse, estaria aqui, pois sempre protegeu e deu força para a irmã. Lucas, que também se forma em breve, é um dos mais animados. Tia Lili também, cheia de maquiagem, além de Maria e o marido João. Quésia não fez questão de vir, mas também não faz falta. Sei que minha irmã e o cunhado queriam que a filha deles, nesse aspecto do estudo, fosse como a minha. Eu também queria, mas a gente sabe que para a nossa família e o pessoal da favela em geral essa ideia de preto favelado se formando em faculdade é uma coisa estranha. Eu mesma custo a acreditar.

Parece que a novidade é para todos mesmo. O diretor da faculdade fala coisas bem bonitas, especialmente quando ressalta que, dessas trinta e poucas pessoas se formando, muitas são a primeira geração da família en-

167

trando no Ensino Superior. E que essas formandas em Pedagogia têm a missão de abrir caminho para tantos pobres que nunca tiveram acesso a nada. Reparo que não existe ali nenhum menino se formando. Pergunto a Lucas por que só as mulheres escolhem fazer aquela faculdade e ele responde, rindo:

— É porque elas são mais inteligentes, tia Áurea!

Eu já disse a Lucas que não sou de jeito nenhum irmã da mãe dele para me chamar assim de tia. Ele sempre ri e fala que felizmente não sou, mas só sabe me chamar assim. O rapaz tem problemas com a família, mas não me interessam os detalhes. Nunca quis saber. O importante é que o vejo como parte da minha família.

Dessa vez Suellen não é a oradora. Mas a menina que faz o discurso também é preta e da favela, faz questão de dizer isso, e lembra que muita gente parece ter vergonha da própria origem. Pede que todas as mães presentes se levantem, dizendo que foi o suor dessas mulheres que permitiu que elas quebrassem um ciclo que vem desde a escravidão. Eu fico de pé, com alguma dificuldade por causa da coluna, mas quando me ergo olho para os lados e vejo dezenas de olhos tão cansados e sofridos quanto orgulhosos. Porque só Deus sabe o que cada uma passou. Choramos todas recebendo palmas de toda a plateia e dos professores, que também se levantam em nossa homenagem.

Quando Suellen é chamada para pegar o diploma, levanta-se toda imponente e vai para o palco cumprimentar todos os professores, até que o último entrega o canudo. Cada aluna tinha escolhido um pedaço de música para essa hora. Enquanto minha filha recebe o troféu, as caixas de som tocam bem alto:

Você não sabe o quanto eu caminhei
Pra chegar até aqui...

SUELLEN SAI DO EMPREGO DA LOJA. A dona oferece a ela um salário maior para que vire gerente de uma filial que será inaugurada em outro *shopping*. Depois de tantos anos de dedicação, parece que só agora deu valor à funcionária. Acho que já é o efeito do diploma, valorizando mais a pessoa formada. Mas minha filha preferiu sair dessa área para trabalhar naquilo que ela estudou, mesmo sabendo que o salário de gerente seria maior. Maria estava lá em casa quando Suellen disse isso e não se conteve:

— Deixa de ser burra, garota! Vai desperdiçar a chance de ser gerente de loja para ficar ainda atrás de escola e morrer de fome?

Conheço minha filha e sei quando fica irritada, mas ela respira e responde com toda a educação:

— Tia, eu estudei quatro anos para trabalhar em escola mesmo. Sei que para a senhora pode parecer que ser gerente de loja de roupa é uma grande oportunidade, mas ao mesmo tempo eu sei que seria infeliz daqui a um tempo. E eu desde pequena quis ser professora, é a minha vocação. Imagina como deve ser ruim fazer a escolha mais fácil, depois chegar a certa idade e me dar conta de que não segui o meu sonho? Como a senhora se sentiria?

Maria veste a carapuça e engole seco.

Não demora, Suellen consegue emprego em dois colégios particulares, foi muito bem recomendada pelos professores da faculdade. Faz um concurso para escola pública e tem certeza de que será chamada em breve. Não passamos aperto.

Volto a ter muitas dores nas costas, tornando o trabalho uma verdadeira tortura. Só de entrar no ônibus já é um grande sofrimento. Ando mancando e a dor se alastra para uma das pernas, que fica dormente. Acho que se eu pisar num prego nem vou sentir. Mesmo Didi começa a concordar que não tenho mais condições de trabalhar. Suzete diz que os De Lamare não veem a hora de eu ir embora e que podem me demitir pagando meus direitos. Tenho que pensar nisso tudo, não entendo dessas contas.

Maria me liga. Pede que eu vá em casa correndo, pois ela precisa de ajuda e não pode falar muito. Penso se ela está sendo assaltada ou coisa parecida. Aviso no trabalho que tenho uma emergência e me deixam ir, com Suzete dando de ombros, já que eu não faço diferença alguma ali mesmo.

Ao chegar em casa, Maria está pálida. Pergunto o que aconteceu e ela me abraça chorando. Murmura no meu ouvido o nome de Anderson. Pergunto gritando o que aconteceu.

— Ah, minha irmã. **Mataram o seu filho...**

Tento falar, mas desmaio. Acordo, estão me abanando, tentam me dar água. Saio porta afora andando sem rumo e gritando que é mentira, porque tem algo errado, meu filho está bem. Maria vem atrás de mim para amparar. Caio no chão e começo a chorar como nunca nesta vida. Alguém me dá um remédio forte para que eu me acalme, mas nada parece me tranquilizar. **Eu me debato tentando tirar do corpo um sofrimento que não sai.**

SUELLEN CHEGA EM CASA AOS PRANTOS, mas parece mais preocupada em ficar comigo. Estou tonta pelo remédio. Ouço alguém dizendo o nome de Rúbio e rapidamente entendo que ele tem a ver com a morte do meu filho. Começo a xingar o meu irmão de todos os nomes e digo que ele é que deveria ter morrido, e não o Tote. Começo a delirar dizendo alto que Tote foi o melhor irmão que tive, seguido de Dadá. E que os dois é que deveriam estar vivos junto com o meu filho. Olho para a parede e parece que vejo mamãe e papai me culpando por ter deixado Anderson seguir pelo caminho errado.

Suellen e João cuidam do sepultamento. Não tenho forças para ir ao enterro, mas todos dizem que preciso ir me despedir dele, algo que simplesmente não estou pronta para fazer.

E vou, não sei com que força.

Zefa aparece no enterro. Ela parece uma sósia de mamãe, já cheia de cabelos brancos e rugas no rosto. O desgraçado do Rúbio não apareceu.

Quando desce o caixão eu sinto a coluna doendo tanto que é como se estivessem me quebrando em duas. Caio no chão e não sei se é mais de dor ou sofrimento. Queria por tudo o que é sagrado trocar de lugar com ele, porque enterrar um filho não é coisa que nenhuma mãe merece neste mundo.

Em casa, tomo coragem para querer saber o que aconteceu. Oseias, o amigo com quem Anderson dividiu a quitinete há uns anos, vem me esclarecer:

— Tia, ele primeiro dizia trabalhar para a igreja, depois parece que ele saiu. Mas logo depois parecia estar com algum esquema de golpe pela internet e queria que eu entrasse, mas recusei. Daí falei que não dava para morar mais com alguém fazendo coisa errada, porque podia acabar sobrando para mim. Ele foi embora me chamando de otário, mas de vez em quando a gente ainda se encontrava e colocava o papo em dia. Então de uns tempos para cá ele falou que estava trabalhando com o tio, que tinha muito contexto aqui na região, era das antigas e dizia que os dois iriam se dar bem. Ele falava que estava lidando com importados, mas eu sei que era roubo de carga. Um dia me revelou que ele e o tio iam lidar com um carregamento grande, que iam pular um dos distribuidores e vender ao consumidor final. Ele falava isso com aqueles olhos claros arregalados e parecia muito certo do que estava fazendo. Eu não quis saber mais detalhes porque sei que era furada. Foi o último contato que tive com ele.

Nunca mais nesta vida quero ver Rúbio. Nunca vou perdoá-lo e não sei o que vou fazer se aparecer na minha frente. Anderson se foi sem mesmo saber quem era o seu pai. Passou a vida com essa pergunta sem resposta, inclusive guardo com muita mágoa quando ele disse, ainda menino:

— Pela minha cor, o meu pai era branco, não era? De repente, ele não podia ajudar a gente aqui em casa?

Eu fico pensando se isso também não o ajudou a ter seguido esse caminho. Se não devia ter ido atrás de

Jonas, especialmente depois que o pai dele se matou. Penso se não fiz uma escolha errada me afastando daquilo tudo, se devia ter engolido o orgulho e pensado no bem de Anderson. Imagino um filme no qual tudo teria acontecido diferente e meu filho ainda estaria vivo aqui do meu lado.

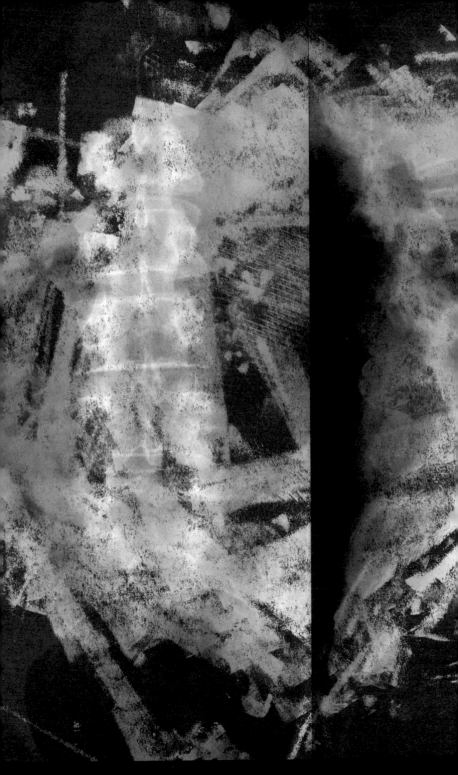

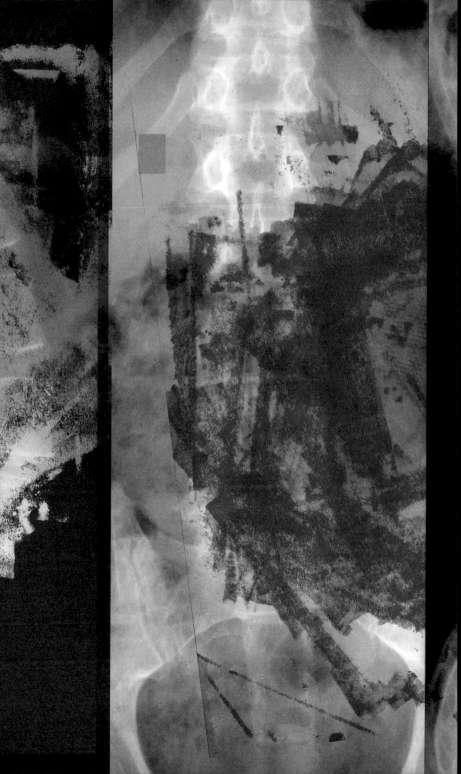

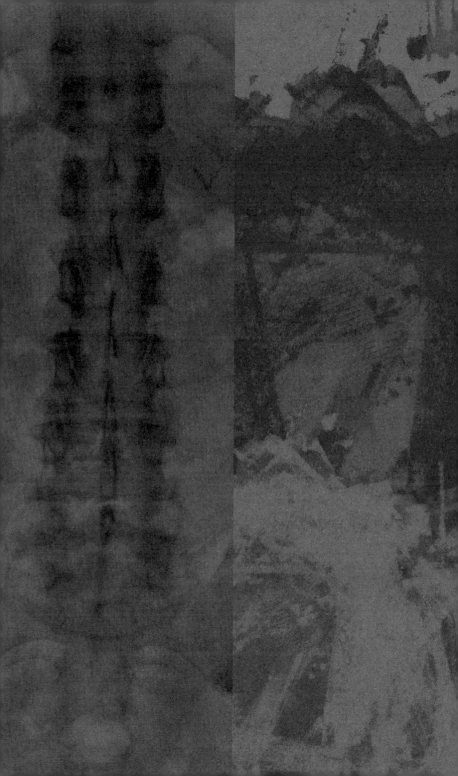

Suellen insiste para que, agora que estou em casa, **eu volte a estudar.** Ela começou a dar aulas também para pessoas mais velhas que retornaram para a escola. Digo que não tenho mais idade para isso e ela explica que preciso me cuidar, não só da saúde física, mas também da mente. E voltar para a escola faz muito bem. Conta histórias dos seus alunos, algumas ainda mais difíceis que a nossa, como forma de me encorajar. Vou pensar no assunto.

Já são cinco anos sem Anderson. É uma tristeza que vou levar para sempre porque não tem um dia que não penso no meu filho. Tenho dificuldade para dormir. E, quando durmo, tenho pesadelos em que ele volta a se misturar com os outros familiares já falecidos e no meio disso tudo vem o ódio de Rúbio. Não consigo evitar esses sentimentos que estão me consumindo. Tenho ficado sem nenhuma energia para viver.

O casamento de Suellen está próximo. Ela e Lucas já moram juntos e só agora decidiram fazer a cerimônia na igreja com tudo o que eles têm direito. Isso me dá algum ânimo, exceto pela parte de ter que aturar a família dele, que está fazendo questão de pagar tudo. Todos sabemos que, no fundo, eles não aceitam que o filho branco escolheu uma pretinha para amar.

Outra coisa que me faz sorrir é a amizade. Recebo de quando em quando a visita de Didi, que vem aqui em casa com a marida (que é como elas se tratam) Joana. As duas já estão assumidas e saem na rua sem medo, inclusive aprenderam a se defender verbal e até fisicamente de quem olhe torto. Ela deixou de trabalhar na casa dos De Lamare e me conta que o Seu Rodrigo se envolveu num escândalo com dinheiro público e está foragido no exterior, enquanto Dona Vera, com a mesma pose de madame, finge não saber onde o marido está. Eu digo que daquela casa só sinto falta mesmo é dela e de Thomas, os únicos que sabiam me ouvir.

Fico feliz de ver as pessoas indo em frente. Didi agora tem o cabelo raspado e usa um batom vermelho, parecendo uma guerreira africana de filme. Ela fez cursos e as duas vão abrir uma loja de produtos de beleza pela internet. Digo que poderia se chamar Didi & Jojô, e elas riem porque parece que adivinhei, pois vai ser esse mesmo o nome. Fico pensando que minha cabeça pode não estar tão mal e considero aceitar a sugestão de Suellen.

É DIA DO CASAMENTO DE SUELLEN. Vamos todos de casa para lá. Na igreja, é como se fizessem uma separação do Brasil, porque de um lado está a parte pobre e do outro a rica. Mesmo que alguns se conheçam depois desses anos todos, depois de uns minutos ninguém tem assunto nessas ocasiões, como água e azeite. Eles nos olham do lado de lá e quase consigo ouvir o pensamento de que a gente está incomodando, porque nossa função é trabalhar para eles, ser funcionários deles, escravos deles. Penso se não estou exagerando, mas toda vez que penso nisso acabam me dando uma pequena evidência de que não. Ainda na entrada da igreja deu para ouvir alguém de lá dizendo que não era racista porque agora tem até preto na família.

Tento não me deixar tomar por essas ideias, porque hoje é dia de admirar a minha filha no altar. Ela entra linda naquele vestido, segurando o buquê. Lucas me vê, acena sutilmente e sorri, algo que não faz para a própria mãe, que deve ter percebido e fechado a cara, mas nem penso em olhar para ela. Choro de felicidade enquanto Suellen faz os votos. Os dois então dizem o esperado "sim".

Na festa, os lugares já estão marcados pelos núcleos familiares, de modo que não precisamos nos juntar. Zefa bebe sem parar, passando alguma vergonha. Passa mal e a levam para uma sala a fim de dar um remédio para ela vomitar. Uma funcionária simpática me tranquiliza dizendo que isso é normal ali no salão e eles têm toda a estrutura de atendimento para quem se excede. A festa pode continuar normalmente.

Todos dançam e a noiva vai de mesa em mesa tirar fotos. Quésia diz que quer pegar o buquê. Maria diz que seria bom para ela, porque já passou dos trinta e não sossega com nenhum homem.

Um funcionário do salão me chama. Pede, discretamente, para falar comigo a sós. Saio da mesa e vou para um lugar com menos barulho. Ele me diz que tem uma pessoa na entrada do salão que não está na lista de convidados e pede para falar comigo.

Meu coração quase para e começo a suar. Rúbio, aquele desgraçado, deve estar querendo entrar. Tenho medo de perder o controle e partir para cima dele, fazendo um escândalo no casamento da minha filha e acabando com a festa, passando por barraqueira. Ao mesmo tempo tenho um nó na garganta que me diz para ir lá e ouvir o que ele tem a dizer sobre o que aconteceu com Anderson. Não tenho como ignorar e vou para a entrada.

Ao chegar, meu coração dá outro pulo. Grisalho e mais magro, com um sorriso meio sem graça, é Celso que está ali. Não sei o que dizer para ele, que começa a conversa:

— Parabéns por hoje. Você está muito bonita!

Eu não sei como ele soube do casamento da filha, nem por que veio atrás de nós justamente agora. Mas volto rápido no tempo e só consigo perguntar, tentando manter a voz firme:

— O que você quer?

Ele baixa a cabeça como quem assume a culpa e começa a falar:

— Áurea, eu sei que você tem todos os motivos para me odiar. Eu não estava preparado para assumir uma família e pirei quando sua barriga ia crescendo. Sem emprego, sem cabeça para nada. Só queria sair correndo e acabei voltando para o Recife. Eu não fiz contato nesse tempo, porque tinha culpa e não tinha nada a oferecer. Mas pode acreditar que nunca passei um dia sem pensar em você e na nossa filha querida. Se pudesse, voltava e fazia tudo diferente.

Fico um tempo pensativa até que respondo:

— Se você tinha medo, acha que eu não tinha? Acha que eu tinha algum preparo para botar uma criança no mundo e criá-la sozinha naquela casa? Você tem noção do que foi passar esse tempo todo criando dois filhos? Você sabe que Anderson foi assassinado? Sabe que eu tive que limpar bosta de cachorro para podar dar o feijão com arroz para eles?

Ele me olha com cara de pena, começa a dizer alguma coisa, mas interrompo e continuo:

— Você esteve aqui quando Suellen ficava doente e eu tinha que sair com ela embaixo de chuva para levar a hospital e ficar horas esperando enquanto ela ardia em febre? Você estava apenas sentindo culpa, mas eu estava sentindo dor nas costas sem conseguir ficar em pé para que ela pudesse estudar. Sabia que ela é professora? Você esteve com ela enquanto começou a trabalhar cedo e passava a noite estudando? Acho que você fuxicou a internet para chegar aqui, não foi? Então saiba de uma coisa, Celso, você fez muita falta para a Suellen. E fez para mim também. Fez falta o pai, fez falta o marido. E a gente teve que se virar sem você. Então hoje você não tem o direito de aparecer aqui. Se tem ainda algum respeito por mim, faça isso: vá embora e nunca mais apareça na nossa vida.

Eu não sei como Celso reage, porque não quero olhar nos olhos dele e acabar convencida do contrário de tudo o que digo com muito esforço. Prefiro não esperar nenhuma resposta, viro as costas e volto para a festa.

Por mim, Suellen nunca vai saber que ele esteve aqui hoje.

MINHA FILHA ME DÁ AS COORDENADAS E ME MA-
TRICULO NA ESCOLA PRÓXIMA DE CASA. A professora tem todo o cuidado em me explicar esse processo inicial: pergunta se eu sei ler e escrever, e pede que eu não tenha vergonha de dizer que não sei. Falo toda a verdade, que estou muito enferrujada nesse aspecto. Volto na semana seguinte, quando me dão um tipo de prova para eu fazer, porque é a partir dela que vão saber a minha proficiência em leitura, escrita e contas. Guardo essa palavra nova: proficiência.

Fico espantada em ver como tem gente mais velha que eu. Um senhor animado fala o tempo todo que tem 83 anos e quer puxar assunto no meio da prova, me atrapalhando. A professora chama a atenção dele, que pede desculpas e sossega. Acho engraçado, porque é como se a gente voltasse a ser criança ali.

Respondo o que acho que sei. Foi difícil, mas entendi bastante coisa. A parte do texto era uma propaganda e um pedaço de história em quadrinhos. Na parte das contas achei até mais fácil, porque era como se a gente estivesse comprando frutas e recebendo troco.

Uma senhora não tem uma perna, que perdeu por conta da diabetes. Mas diz que não é empecilho para voltar para a escola. Tem umas pessoas mais novas também. Uma mulher, aparentando uns 35 anos, disse precisar do Ensino Fundamental porque é uma campanha do emprego dela, que prometeu salário melhor para quem voltasse a estudar. Aquele senhor mais velho, que fala pelos cotovelos, diz que está com tempo de sobra e ali é bom para fazer amigos e, quem sabe, arrumar uma namorada. Todos riem. Depois de um tempo, no entanto, concluo que a maioria está voltando a estudar porque os filhos (ou netos, em alguns casos) insistiram. Como é o meu caso.

Preciso terminar o Fundamental ainda para, se der tudo certo, emendar no Ensino Médio, segundo Suellen me explicou. Se eu me esforçar, em um ano consigo terminar a primeira etapa.

Recebo da escola o meu *kit*, com a camiseta do uniforme, livros, canetas e cadernos de exercícios. Cheiro o material e, rapidamente, volto muitas décadas no tempo, quando ia para a escola levando minhas coisinhas num saco de arroz, mas com todo o cuidado porque eu adorava estudar. Queria ter ficado mais tempo na escola na época, mas antes tarde do que nunca. Fico muito feliz e triste ao mesmo tempo, e abraço o pacote com toda a força, como se fosse um presente muito caro que estivesse recebendo da vida.

Maria e uns vizinhos, ao me verem sair de casa com a camiseta da escola, começam a rir. Dizem que eu não tenho mesmo o que fazer para ficar imitando criança, e outras idiotices. Como é o tipo de coisa que sempre dizem, não ligo. Sequer perco energia chamando-os de ignorantes. A felicidade que esse uniforme me dá ninguém tira.

Volto dias depois, quando me encaixam numa turma para a primeira aula. Acho que esse grupo fez prova em outro dia, porque não tinha visto vários dos que estão ali. Tem um grupo de garotos grandes e mal-educados, matriculados por alguma obrigação. A primeira aula nem começa direito e eles começam a conversar algo, cantar e arremedar a professora, experiente com esse tipo de aluno.

Logo me apego a Mariângela, professora que tem quase a minha idade. Ela diz que dá aulas há mais de trinta anos, está perto de se aposentar, mas aproveita cada minuto ali com a gente. Parece saber absolutamente tudo sobre todos os assuntos e fala de um jeito como se hipnotizasse a turma. Tanto que, dos jovens bagunceiros, uma parte não volta na segunda semana e os que permanecem estão mais dedicados.

Ela pega um livro, que parece ter decorado, e fala tudo sobre o autor e o assunto. Depois nos faz sentar em círculo, para que cada um conte o que entendeu da leitura.

Além das aulas normais, vemos filmes, fazemos exercícios e dançamos. Se eu soubesse que a aula era tão divertida, teria vindo bem antes. Quando encontro Suellen narro tudo isso e ela diz: "Eu não falei que seria uma boa?".

A escola está velha e precisando de obras. Não tem papel nos banheiros e vive faltando água. A biblioteca não abre à noite porque não tem funcionários, mas se quiser posso voltar de dia e pegar livros à vontade. Eu acho que tudo para a gente sempre foi tão difícil que essas deficiências da escola não são nada. Acho que a gente se acostumou a ter pouca coisa e não sei até que ponto isso é bom.

Tenho me sentido cada dia mais esperta sobre essas coisas. É algo invisível, que ninguém percebe, mas eu sinto de um jeito tão forte que ninguém consegue tirar de mim.

A professora Mariângela pede para lermos um trecho de *Quarto de despejo*, o que me anima porque foi o único livro longo que li inteiro na vida. Quando fazemos o círculo, todos ficam impressionados quando digo que o roubei da casa onde trabalhei como doméstica. Falo que lá era muito maltratada (não dou detalhes, claro) e que o livro me acompanhou durante toda a vida, até que minha filha o encontrou, leu e isso a fez querer ser professora.

A professora Mariângela, sempre controlada, não resiste e chora ouvindo a história.

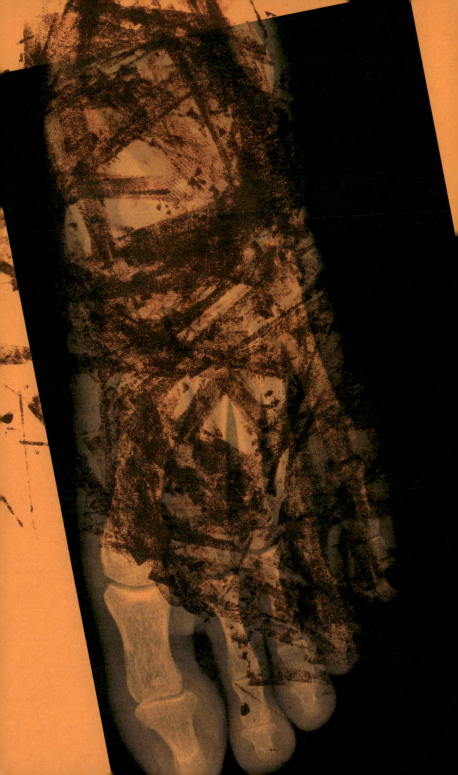

EU ACHO QUE TODOS NÓS SOMOS FEITOS DE pequenas histórias que vão se juntando e formando uma história grande, de um livro maior. Penso que algumas são pequenas, curtinhas, outras maiores e com mais detalhes. Se pudesse, eu acho que faria um livro sobre cada um que me cercou ao longo desses anos.

A começar por Tote, que viraria um livro infantil. Seria sobre um garoto magrinho e com olhos arregalados, mas que viam tudo. Infelizmente, enquanto a história de Tote estava sendo feita não havia muita tinta, tampouco papel, e ela teve que acabar rápido. Mas por ser tão resumida é que cada minuto com ele ficou gravado bem fundo na minha existência.

Eu queria escrever um livro de poesia sobre Jonas, que foi o meu primeiro amor, e que me deixou como se eu ainda tivesse muitas páginas em branco para serem escritas, em aberto. Mas que também me ajudou a sobreviver ao horror causado pelo seu pai. E depois outro livro com Celso, que teve paixão e companheirismo até certo ponto, mas que me rendeu uma filha.

Eu escreveria sobre Zefa e Maria, cada uma cansada do seu jeito, sofridas como eu, dando um jeito para sobreviver. Escreveria sobre Dadá, tão querido e calmo, mas que teve o azar de não achar lugar neste mundo, e o seu livro teria um final trágico e triste. Porque assim é também a vida.

Sobre Rúbio não escreveria nada, porque ele merece o esquecimento.

Eu escreveria sobre Anderson, meu filho amado, nascido de um mistério sobre o qual não gosto de pensar. Este seria o meu livro mais difícil de escrever, porque cada palavra viria com o peso que eu trago por não ter sabido criá-lo do jeito certo. Eu iria mudar a história dando a ele um final feliz, porque para isso também servem os livros: para deixar a vida um pouco melhor do que ela é.

Por fim, faria um livro sobre Suellen, que é quem me ajudou a escrever este livro aqui, com meu nome no título, depois que recebemos uma visita de um escritor na escola e ele disse: cada história é digna de ser contada, especialmente quando ela reflete a vida de tanta gente, por mais simples que possa parecer. Esta é a história da nossa gente, que se reescreve todos os dias.

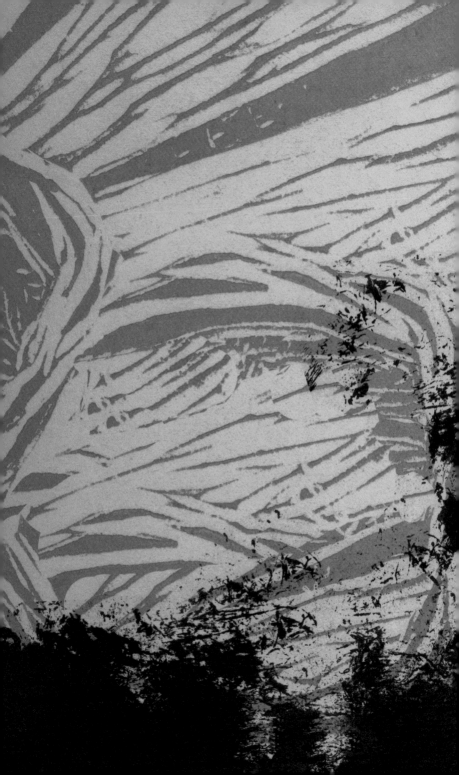

EPÍLOGO

Áurea segue para pegar o diploma de Ensino Médio do curso para jovens e adultos. Cada passo é uma lembrança da vida, de suas poucas conquistas e muitas dificuldades. Ela olha para Suellen no palco, que a espera e já não consegue segurar o choro.

Suellen tem orgulho da mãe, mas não só porque está se formando, e sim por tudo aquilo que a fez chegar ali. A professora, já com 32 anos, acumula alguma estrada e sabe que naquele auditório estão todos nadando contra a maré. Mas não deixa de fazer a sua parte. São apenas treze alunos encerrando um pequeno ciclo, mas que diz muito para cada família presente.

O tiroteio lá fora não são fogos. Não há o que comemorar além dos muros da escola. Mas aquele espaço ali permanece, feito ilha que não se deixa sumir de vez num oceano de abandono.

Após terminar o Ensino Fundamental, Áurea aproveitou o ritmo e se matriculou na escola pública onde a filha dava aula. Brincavam em sala, dizendo que geralmente é o contrário que acontece, mas que para ambas tudo sempre estava sendo diferente e especial. A filha não facilitou para a mãe. Pelo contrário, exigiu mais dedicação porque podia tirar dúvidas a qualquer hora.

Áurea sobe as escadinhas, abraça todas as pessoas, parando quando chega em Suellen, que diz abrindo os braços:

— Minha aluna preferida!

Prestes a fazer 60 anos, a formanda se lembra da vida. Volta o eco que, pela voz de tantas pessoas, martelou na cabeça dela a regra: "Isso aqui não é para você". Áurea sabe que, no dia a dia, não vão parar de dizer isso, mas agora ela não vai mais ouvir calada.

Encerrada a formatura, vão comemorar jantando no mesmo *shopping* onde Suellen trabalhou. Comem *pizza*, riem com coisas bobas. Lucas parece ansioso. Áurea pergunta se ele está com muito trabalho para estar tão estressado:

— Hoje é um dia de emoção, Lucas. Quem estava nervosa era eu!

Mas é Suellen quem adianta a novidade, anunciando que está grávida. Quis deixar para contar só agora depois da formatura, como um presente. Todos brindam mais uma vez. A futura avó diz que vai adorar ficar com o bebê, mas vai ter que conciliar com a faculdade que planeja cursar.

Antes de ir embora, Áurea pede que esperem um pouco mais. Entra na loja de departamentos, agora altiva e serena, para comprar uma barra de chocolate.

ABCDEFG
PQRSTUVX
EFGH
MNOPQR
STUVWXYZ
AAAAAAA
AAAAAAAAAA
AAAAAAAA
AAAAAAAA
AAAAAAAA

AAAA
AAAAAAAAA
AAAAAAA
AAAAAAA
AAAAAA
AAAAAA
SSSSSSSS
SSSSSSSSSSSS
SSSSSSSSS
SSSSSSSSS

FOTO: SILVIA ALCÂNTARA

Henrique Rodrigues nasceu no subúrbio do Rio de Janeiro – RJ, em 1975. É doutor em Literatura pela PUC-RJ e publicou 24 livros, entre poesia, crônica, romance, infantil e juvenil, tendo sido finalista do Prêmio Jabuti por *Rua do Escritor: crônicas sobre leitura* (Malê). Seu romance *O próximo da fila* (Record) foi adotado em escolas de todo o país e publicado na França. Já palestrou em espaços culturais no Reino Unido, na França, em Portugal, na Espanha e na Bélgica, onde coordenou a residência artística Cine Luso, em 2019. É gestor cultural e colunista do portal *PublishNews*, onde escreve sobre a vida literária. Pela Estrela Cultural publicou *O brinquedo novo* e, em parceria com a Brinquedos Estrela, *O barbeiro Salomão* e *Se eu fosse um carro*, da linha Massa Estrela.

REDES SOCIAIS: @henriquerodrix

Christiane Mello nasceu no Rio de Janeiro, formou-se em Desenho Industrial pela Escola de Belas Artes da UFRJ e fez mestrado em Communications Design no Pratt Institute, em Nova York, com bolsa integral da Capes. Desde o início da carreira investiu no próprio negócio, desenvolvendo diversos projetos na área cultural e editorial. Em 2010, abriu o Estúdio Versalete, onde dedica-se a projetar livros e publicações para crianças e jovens. Lecionou no Curso Técnico em Multimídia do NAVE-Rio (Oi Futuro/SEEDUC-RJ), foi professora substituta do curso de Comunicação Visual/Design da EBA–UFRJ e atua em cursos de pós-graduação em Design.

Este livro foi
composto
usando-se a
tipografia
Tisa Pro e
Tisa Sans Pro.

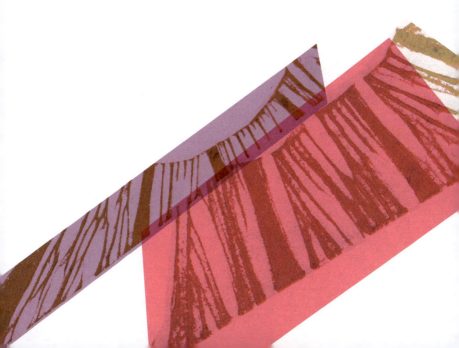